ファン文庫

質屋からすのワケアリ帳簿

双生の祝い皿

著　南潔

マイナビ出版

目次

質屋からすのワケアリ帳簿

双生の祝い皿

南潔

登場人物

烏《から》島《しま》廉《れん》士《じ》

「人が大切にしているものしか引き取らない」という、
一風変わった質屋からすの店主。年齢・出自は不詳。
黒いシャツに黒いパンツという黒ずくめの服装がトレードマーク。

目《め》黒《ぐろ》千《ち》里《さと》

質屋からすの店員。
新卒で入社した会社を数ヶ月でクビになってしまったところ、
幼い頃から身につけていた「特殊な能力」を烏島に買われ、
質屋に雇われることになった。

七《なな》杜《もり》宗《そう》介《すけ》

お金持ちの子女が通う鳳凰学園高等部三年生。
平安時代まで遡ることのできる名家・七杜家の御曹司。
父親の代理で質屋からすを訪れるうちに事件に巻き込まれ、
ふたりとともに解決したという経緯がある。

八《や》木《ぎ》汀《なぎさ》

宗介の腹違いの妹。母親は宗介の父の愛人で、別宅に暮らす。
千里になついていて、たびたび予告もなくアパートを訪れる。

鳩《はと》村《むら》剛《つよし》

烏島の古い知人。
ゲイバーのママをする傍ら、烏島を手伝って情報屋もしている。

欠皿

灰色の曇り空の中を、カラスの群れが飛んでいく。

それを眺めながら、千里《ちさと》はかじかんだ指先に息を吹きかけた。ここ数日、気温がぐっと下がり、吐く息も白く曇る。本格的な冬の到来だ。

つい先日、千里は仕事で着るためのスーツを新調した。これまでのグレーのリクルートスーツをやめ、黒のパンツスーツに変更したのだ。スカートよりもパンツのほうが動きやすく防寒に優れている。その上にコートを着てマフラーを巻くのが、最近の通勤スタイルだ。

「こんにちは」

商店街にある小さな書店に入ると、レジで新聞を読んでいた年配の女が顔を上げた。この店の主だ。千里に気づくと老眼鏡を外して、にっこりと笑った。

「目黒《めぐろ》さん、いらっしゃい」

「予約していた雑誌を取りに来ました」

千里が言うと、店主は「ちょっと待ってね」とうしろの棚から雑誌を取り出した。

千里の雇い主は出不精で、これまで本や雑誌などの購入は通販を利用していた。しかし配達員に自分の時間を邪魔されるのがあまり好きではなかったらしく、千里が働きはじめてからはこの書店で予約し、購入するようになった。店から近いので千里が出勤する際やお使い帰りに立ち寄れる上に、通販の配送に使われる段ボールなどの梱包材を処分する手間も省け、一石二鳥だ。

「最近寒いわねえ」

「本当に。朝、なかなか布団から出られません」

千里が予約していた雑誌などの代金を払うと、領収書と一緒にサンタクロースのイラストが入った券を渡された。

「これ、クリスマス用のくじ引きよ。十枚で一回ガラポンできるから、ぜひ集めてね」

少しさびれたこの商店街も、最近は郊外にある大型ショッピングモールに対抗して、さまざまな企画を打ち出している。これもそのひとつなのだろう。千里にはクリスマスの思い出がほとんどないせいか、特に思い入れのないイベントだった。せいぜいアルバイトの時給が上がる日、という認識だ。

千里は礼を言い、勤め先に向かった。

商店街の裏通りに、その店はある。二階建ての古いビルはひびの入ったモルタルの壁で覆われ、二階の窓には錆びついた格子戸がかかっていた。一階の引き戸には『からす』の文字が白く染め抜かれた黒いのれん、その横にある『質』のマークがついた電光看板の下には、店のうたい文句がぶら下がっている。

『あなたの大切なもの、高値で引き取ります』

千里はビルの裏手に回った。質屋の一階の店舗と二階の部屋は、建物内で行き来できないようになっている。二階に上がるには、ビルの裏にある外付けの階段を使わなければならない。

「おはようございます」

千里が二階のドアを開けると、紅茶のいい香りが漂った。

建物の外観とは一転し、そこは優雅な空間だ。赤い絨毯《じゅうたん》が敷かれた部屋には来客用の立派なソファとテーブル、通りに面した窓のそばには、革張りのチェアと飴色に輝くアンティークデスクが置かれている。

「おはよう、目黒くん」

窓際に立ち、紅茶を飲んでいた男が微笑んだ。

黒いシャツとパンツという黒ずくめの格好は、どの季節になっても変わらない。さすがに今は外に出るときコートを着るが、それもまた黒である。

「きみも紅茶を飲むかい？」

「はい、お願いします」

コートを脱ぎながら、千里は遠慮なく頼んだ。この店でお茶を淹れるのは店主の烏島《からしま》の役割だ。なぜなら単純にそのほうがおいしいからである。

「どうぞ」

来客用のソファに座って買ってきた雑誌を整理していると、烏島がテーブルに青い薔薇の模様が入ったティーカップを置いた。

「いただきます」

甘い香りは林檎のフレーバーだ。おいしい。熱い紅茶で冷え切った身体がじんわりと温まる。紅茶専門店でも開けばきっと人気が出るだろう――特に女性客に。千里はカップに口をつけながら、デスクに座っている烏島を盗み見た。色素の薄い髪と瞳の色は一見おとぎ話の王子様風だが、騙されてはいけない。この男はどちらかというと、王子ではなく魔物である。

だが半年前、孤独と困窮から千里を救ってくれたのは、この魔物だった。

「どうかしたかい？」

視線に気づいたのか、烏島が首を傾げる。

「いえ、今日はなにか『視《み》る』ものはありますか？」

千里が訊くと、烏島は残念そうに肩をすくめた。

「残念ながらまだ一階には客が来ていないんだ」

「二階のお客さんだけ？」

「そうだよ」

つまらなそうに烏島は言う。

モノが集まるところには情報も集まる——烏島が店主を務める質屋からすでは、二階のこの部屋で顧客に情報を売っている。流行っているとは言い難いこの店が潰れないのは、二階の客のおかげだと千里は踏んでいる。しかし、烏島が楽しみにしているのは、一階の客が持ち込むモノなのだ。そして千里の主な仕事も、一階の客が持ち込むモノにある。

「今は質屋としては書き入れ時なんだけれどね」

「そうなんですか？」

「クリスマスや年末が近いからね。昔ほどではないけれど、金を作る必要がある人間が増える時期だ」

そのとき、部屋にブザーの音が鳴り響いた。一階の店舗に客が訪れた合図だ。

「噂をすればだね」

烏島は満面の笑みで、座っていた椅子から立ち上がった。

＊＊＊

一階の店舗は衝立《ついたて》に仕切られた待合室、事務机と椅子、そして大きな金庫が置いてあるだけの殺風景な空間だ。建物内を直接行き来できないようになっているのは、防犯のためである。と言っても一階の金庫ではなく、二階にある烏島のコレクションを守るためだ。

客は六十代くらいの男性だった。白髪まじりの髪をうしろになでつけ、肌は浅黒い。癖になっているのか眉間には深い皺《しわ》が刻まれ、への字に曲がった唇が印象的だった。

「これを買い取ってもらいたい」

そう言って、男は布に巻かれたものを机に置いた。

「有名な作家のものだよ。この店に最初に来てやったんだ。安値をつけるなら遠慮なく他所《よそ》へ行くからそのつもりで」

男の目と口調は、相手に圧力をかけるそれだった。

「失礼します」

烏島は白手袋を手に嵌《は》め、布を解いた。

中から現れたのは、鮮やかな紅の皿だった。大きさは二十五センチくらいだろうか。まるい形には焼き物らしい味がある。目を惹くのはその色だ。紅葉したかえでを思わせるような美しい赤。鮮やかでありながらも落ち着きを感じる不思議な色合いだった。

烏島は皿をじっくりと眺めてから、裏返す。その底には白い文字が書かれていたが、烏島と客から少し離れた場所にいた千里には読み取ることができなかった。

「花邑文治《はなむらぶんじ》のものとよく似た銘が入っていますね」

「そうだよ。花邑文治のものだ」

「それを証明するものはありますか？」

「証明？」

男の眉間の皺が深くなった。

「ええ。共箱——作家の箱書きや印が入った箱か、鑑定書、売買のときの領収証などでもかまいません。この皿の出所や来歴がわかるものです」

「そんなもん、皿の裏に書いてある名前だけで十分だろう？　アンタも花邑文治のものだってわかったんだから」

「花邑文治のものに似ている、と言ったんです。この皿がそうだとは言いませんが、最近では精巧な模倣品も出回っていますので。この皿はどこで？」

烏島の質問に、男はうんざりしたような顔をする。

「うちにあったもんだよ。その前は有名な料亭で使われてたんだ。本物に決まってる」

「どこの料亭ですか？」

男は烏島を睨《にら》みつけた。

「昔のことだから知らないよ。皿を買うのか買わないのかどっちなんだ！」

烏島は皿を持ったまま少し考えるようなそぶりを見せてから、千里のほうを振り返った。

「目黒くん」

「はい」

「きみ、ちょっとこの皿を『視て』くれるかい？」

千里は驚いた。

「……ここでですか？」

「うん、ここで」

今までこうした一見客の前で自分の『力』を使うように言われたことはなかった。あえてそれをしろと言うのは、烏島になにか思惑があるのだろう。

「わかりました」

烏島から皿を受け取ろうとすると、男の厳しい視線が千里に向けられた。

「おい、落とすなよ」

こちらにプレッシャーをかけるような低い声に、千里は男を見た。値踏みするような視線は、明らかにこちらを軽んじている。

「女に査定ができるのか？　遊びじゃないんだぞ」

千里は以前勤めていた会社での出来事を思い出した。取引先の営業の中年男性が、電話の相手が男性上司ではなく新卒の千里であることがわかると、途端に横柄な態度になり、セクハラとも取れるような発言を繰り返してきたのだ。嫌な思い出とともに、千里の中で緊張が高まっていく。

「大丈夫ですよ」

烏島のそのひと言で、千里は緊張と身体の強張《こわば》りが解けるのを感じた。

「彼女は若いですが、かなりの目利きです。ご心配なく」

烏島は笑っている。しかしその静かな口調には、反論を許さない強い圧を感じた。男がそれに気圧《けお》されるようにして黙り込むと、烏島は別の話題を振る。男の視線が自分から逸《そ》れたのを感じた千里は、烏島から受け取った皿を慎重に持った。

心は不思議と落ち着いていた。千里は目を閉じ、指先に意識を集中した。

「目黒くん、なにかわかったかい？」

しばらくして烏島が声をかけてきた。千里は伏せていた目を上げ、頷く。

「……はい。烏島さん、少しいいですか？」

席を立った烏島に小声で耳打ちする。烏島は「わかった」と言って皿を受け取り、再び席に着いた。

「本物だってわかったのか？」

「いえ、それはわかりませんでした」

烏島が否定すると、男が千里を睨みつけてきた。

「どこが目利きだ！　やっぱりわからんのじゃないか！」

「いえ、わかったこともありますよ」

烏島の静かな声が、鼻息荒く言葉を続けようとする男を遮る。

「うちの店に来る前に、もう何軒も質屋を回られたようで」

男の顔が強張った。

「花邑文治は確かに人気作家でしたが、最近はその弟子のほうが有名で、花邑の作品の市場価値は落ちています。その上、共箱も証明する書類もないとなると、二束三文で買い叩かれるのが落ちでしょうね。いや、値をつける前に断った店もあったようですが」

笑顔の烏島とは反対に、男の表情はだんだん焦りの色が濃くなってゆく。

「こ、この店は客の大事なものを高値で引き取るんだろう！　だったら本物かどうかは関係ないんじゃないのか！」

数秒前まで皿が本物であることを理由に高値をつけさせようとしていた男の言い分が、一変した。

「本物かどうかは、確かにうちは関係ありません。でもこの皿が本当にお客様の大切なものであるとは僕には思えないんですがねえ」

「……買うのか買わないのかどっちなんだよ」

先ほど言い放ったのと同じ言葉だが、今度は完全に勢いを失い、弱々しいものになっていた。烏島は気弱になった男の前で、もったいぶった様子で皿を眺めまわしてから口を開いた。

「特別出血大サービスで一万円ってところでしょうかね」

烏島が提示した金額に、男は意外にもあっさりと頷いた。

＊
＊
＊

「気にすることはないよ、目黒くん」

二階の部屋に戻ると、千里は烏島にそう言われた。

「なんのことですか？」

「この皿を持ち込んだ客だよ。ああいう輩《やから》はきみでなくても、相手が若い女性なら同じように圧をかけるような態度を取ったってこと」

デスクチェアに座って紅い皿を眺めながら、烏島は言った。千里は苦い気持ちになる。

「……わかっています。前の会社でも同じようなことはありましたし」

あの会社では今日の烏島のように、庇《かば》ってくれる上司はいなかった。千里のいた会社に限ったことではなく、世間はそういうものだと思っていた。

「弱い犬が人を従わせるためにとる常套手段だ。彼みたいな人間は若い女性だけじゃなく、立場の弱そうな相手を見極めるだけの鼻はきくから面倒だけどね」

「強面《こわもて》のおじさんになりたい……」

千里が呟くと、烏島が噴き出した。

「烏島さん、私は真面目に言ってるんですよ！」

「わかってるよ。きみの言い方がちょっと面白くてね」

笑いをおさめた烏島が千里を見る。

「哀しいことに、ああいう人間はどこにでもいる。どんなに意識改革を訴えても絶滅することはないだろうね」

「……はい」

千里は頷く。

「委縮するような態度を取れば、さらにつけあがる。だから堂々としていなさい。まあ相手を油断させておいて、それにつけ込むのもひとつの手だけれどね」

「つけ込めと言われても難しいです」

「そんなことはないよ。幸いきみには優れた『能力』がある」

千里は手で触れたモノの過去を『視る』ことができる。

新卒で入った会社を試用期間中にパワハラで解雇された千里は、その能力を見込まれて烏島に雇われた。モノの真贋《しんがん》を見極めるためではなく、モノに宿る人の思念と過去を読み解くためだ。

「知らない人間の前でも悟られず能力を使えるようになった。大したものだよ」

「あれは烏島さんがお客さんの気を逸らしてくれたからです」

　この不思議な力は、千里が物心つく頃には既に身についていた。しかし安定して使えるようになったのはごく最近だ。触れるモノのコンディションやそこに遺る思念の強さ、そして千里自身のメンタルや体調で視える映像の質が左右される。幼い頃は力をコントロールしきれず、ふとしたきっかけで他人の持ち物から過去を覗き見てしまい嫌な思いをすることがあった。そのせいで烏島に出会うまで、千里は自分の能力を肯定的に受け止めることができず、使うことを避けていたのだ。

「でもあの人、意外にあっさり一万円で手を打ちましたね」

　千里は烏島の手にある、美しい紅の皿に目をやる。男の様子から、烏島が高値をつけるまで食い下がるかと思っていた。

「共箱も証明する書類もない皿だ。ほかの店ではまったく値がつかなかったんだろう。彼にとっては一万円でも金になるだけありがたかったんじゃないかな」

　この皿に千里が触れて視たのは、男が床の間に飾ってあった皿を布に包み持ち出す様子、そして数々の質屋や古美術店に皿を持ち込んでいる様子だった。首を横に振る店主と落胆する男の表情で、烏島の店に最初に来たという発言が嘘だとわかった。

「でもこのお皿に入ったサインみたいなものは、有名な作家さんのものなんですよね？」

「確かに似ているけれど、これだけで真贋の判定はできないね。陶芸作品は鑑定が難しいぶん贋作がよく出回っているし、僕もこの分野に詳しいわけじゃない」

千里は意外に思った。

「詳しくないと言う割には、すぐ作家の名前が出てきてましたよね」

「それは彼がこの神除市《かみよけ》の陶芸家だからだよ。銘と作品の特徴くらいは知ってるさ。こっちにおいで」

烏島に手招きされ、千里がデスクを回り込むと、烏島はノートパソコンを操作した。

「花邑文治――作品が評価されはじめたのは五十を過ぎてからという遅咲きの陶芸家で、日常使いできる器を主に制作していた」

パソコンの画面に映ったのは、頭髪のほとんどない、顔立ちの厳《いか》つい老人だった。気難しそうな表情が『ザ・芸術家』という雰囲気だ。

「彼の作品は、形はシンプルそのものだけど、釉薬《ゆうやく》の独特の配合と美しい発色に定評があって、数々の賞を受けている」

「釉薬って絵の具のようなものなんですか？」

「ああ、目黒くんにはまず焼き物の説明を簡単にしておこうか」

烏島はキーボードから手をはなし、再び皿を手に取った。

「まず、磁器と陶器の違いについてだけど、含まれている成分の割合が違うんだ。磁器は石、陶器は土が多く含まれる。大きな違いは吸水性かな。磁器は吸水性がないけれど、陶器には吸水性がある。あとは音も違う」

そう言って烏島は紅い皿を指で弾くように叩く。

「陶器からはこういう鈍い音がするけど、磁器はもっと高い澄んだ音がするんだ。この皿は陶器だ。土で成形した器は乾燥させたあと『素焼き』という仮焼きをする。そのまだと耐水性がないから、釉薬をかけて本焼きするんだ。高温で焼かれた釉薬はガラス質になって器を覆う。釉薬は色や模様をつけるだけでなく、水や汚れをしみ込まないようにして、器の強度を上げる役割もある」

「美しく飾るためだけじゃなく、実用的にする役割があるんですね」

千里が言うと、烏島は頷いた。

「そういうこと。けれど絵の具とは違って見た目そのままの色が出るとは限らない。配合や温度で大きく変わってくる。花邑文治はそこが秀でていてね、釉薬使いの奇術師とも呼ばれていたんだ」

「呼ばれてたってことは、もう亡くなっているんですか？」

「うん、確か十年ほど前かな」

烏島がパソコンを操作する。画面に花邑文治の作品の画像が映し出された。皿、湯呑、小鉢――シンプルで使いやすそうなものが並んでいる。奇抜な造形のものはひとつとしてなく、器の種類によって定番の型があるようだ。目を惹くのは器の色だった。どれも色鮮やかで、ひとつとして同じ配色はない。

「この皿の形は、花邑の過去の作品にもよくある八寸皿だね。色づかいも花邑の作品の特徴と言われる華やかさがある」

「でも本物かどうかわからないんでしょう？　烏島さん、よく一万円も出しましたね」

「うん、きみが視たという『苦しむ人々の表情』が気になってね」

烏島は微笑む。

実は千里がこの紅い皿に触れて視えたのは、ほかの店に査定を頼みに回る男の姿だけではなかった。ぼんやりとだが、苦しむ人々の表情のようなものが、とぎれとぎれに浮かんでは消えていったのだ。

「……本当にブレませんよね、烏島さんって」

「お褒めにあずかり光栄だよ」

烏島の査定は普通の質屋とは違い、気に入れば市場価値のないものでも高値で買い取る。親からもぎ取った金歯、子どもが獲得した剣道大会のメダル、歴代の恋人の部屋の合い鍵――彼が好むのは人の欲や不幸なエピソードにまみれたワケアリ品だ。二階の部屋の壁に作りつけられた大きな棚には、そういったモノたちがところせましと並べられている。千里にはガラクタにしか見えないものも、烏島にとっては大事なコレクションなのだ。

「そういえば苦しむ人々については、はっきりとは視えなかったんだよね？」

「はい。さっきの男性客の様子はよく視えたんですけど、苦しんでいる人たちのほうは顔もはっきり判別できませんでした」

「もう一度試してもらえるかな？　これを作ったのが誰かも知りたい」

千里は烏島から皿を受け取り、目を閉じる。集中し、脳裏に浮かぶ映像に目を凝らしたが、先ほど視た映像以上の情報は得られなかった。

「……さっき烏島さんに報告した映像以上のものは視えませんでした」

千里が言うと、烏島は考え込むように唇に指をあてた。

「はっきり映像が見えなかったのは、その皿が古いせいかな？」

「その可能性もありますけど、たくさんの人が使用したり、日常的に使われていたモノからは視えないことが多いので、はっきり断言は……」

「ああ、そういえばモノに遺された思念の強弱でも視えるものが変わってくるんだったね」

千里は頷いた。自分の能力についてはまだまだ未知数な部分が多い。今のところわかっているのは、生き物からは視えないこと。モノのコンディションが悪いもの——例えば燃焼したり摩耗したりして劣化しているモノからは視えにくいこと。そして人の思念の遺りにくいモノからも視えないということだった。たとえば道端に転がった石からはなにも視えないが、人の手で研磨された宝石からは視える。毎日洗濯する既製品のTシャツなどからは視えず、反対に思いのこもった手編みのセーターからは視える。

「この皿は食器として使われていた可能性があるということか」

「はい、おそらく」

断言はできないが、その可能性は高い。

「陶芸には興味がないけれど、この皿には俄然興味がわいてきたよ。目黒くん、この皿が花邑の作品かどうか裏をとってきてくれるかい？　皿を持ち込んだ男についてはこちらで調べるから」

「それはかまいませんけど、どうやって？　陶芸作品の真贋の判定は難しいんですよね」

烏島はパソコンを操作した。和服を着て俳優のようにポーズをとっている中年男性の姿が映し出される。オークバックにした黒髪と垂れ目が印象的だ。

「この人は？」

「花邑文治の唯一の弟子だよ。今では師匠を凌《しの》ぐほどの人気陶芸家だ。自分と花邑の作品を取り扱うギャラリーのオーナーでもある。花邑文治が亡くなってからは、この弟子が独占して師匠の作品を販売していたから、彼ならこの皿についてなにか知ってるかもしれない」

烏島は皿を愛でるように撫で、目を細めた。

「贋作か真作かは僕にとって大きな問題じゃない。この皿に関わった人間の背景が知りたい。それを暴き出してほしいんだ」

奇術師の弟子

芳賀《はが》誠司《せいじ》、四十八歳。独身。

花邑文治の唯一の弟子であり、彼の釉使いは師匠の作品の美しさをも凌ぐのではないかと言われている。作品の造形は師匠とは違い芸術路線で、日常使いできる器ではなく、大皿や抹茶茶碗、壺など。そのどれもが、斬新なデザインだった。寡作《かさく》で知られており、作られる数は多くて年に十点ほど。作品が発表されるとすぐに売約済みになるため、肉眼で彼の作品を拝むことはほとんど不可能という話だった。

一方で芳賀本人は作品よりも露出が多い。彼のホームページの仕事情報を確認すると、テレビ出演や雑誌掲載の情報がズラリ。陶芸家というよりはタレントのような活動が目立つ。むしろこっちが本業なのではないのだろうかと思うほどだった。

電車の座席に座りながら、千里はスマートフォンの画面をスクロールする。そこに載っているのは芳賀のインタビュー記事だ。

『私のメディア出演をよく思わない同業者もいるが、芸術家というものが表に出ない仕事であるという認識を変えたい。今は作品とともに自分自身もプロデュースする時代だ』

『弟子をとる気は一切ない。私の持つ技術を伝えたところで、私と同じ色が出せるわけではない。センスと才能は決して伝えられるものではないのだから』

『作品を作るすべての工程において他人を関わらせる気はない。器に使う土ひと粒にさえ、私のこだわりが込められている』

意識の高い返答だなと思いながら、千里はインタビュー記事の画面を閉じた。検索サイトに飛び彼の名前でSNSをチェックすると、作品を賛美するコメントと、芳賀自身のキャラクターを揶揄《やゆ》するコメントで意見はふたつにわかれていた。金で魂を売った、などという指摘もある。なるほど、熱心な信者もいるが、敵を作りやすい性格でもあるようだ。

駅に到着し、千里は電車を降りた。

千里の仕事は、店から外に出たがらない烏島の『目』になり情報を得ることにある。これまで自分の『能力』のせいで人と関わることをなるべく避けていたが、烏島の下で働きはじめてからは、そうも言っていられなくなった。

目的のビルは駅前の便利な立地にある。その一階で芳賀は自分の作品を取り扱うギャラリーを開いていた。

芳賀から話を聞くためにアポイントを取ろうとしたが、ホームページに電話番号の記載はなく、メールの送信もテレビや雑誌などのメディア出演依頼だけに限られていたため、千里は直接ギャラリーを訪ねることにしたのだ。

「こんにちは」

自動ドアをくぐり中に入ると、受付に座っていた若い女性が立ち上がった。

「いらっしゃいませ。今日は作品鑑賞でしょうか？」

微笑みかけてきた女性は二十歳前後。千里と同年代ぐらいではないだろうか。椿の柄の入った美しい着物がとてもよく似合っている。

「いえ、違うんです。芳賀誠司さんはいらっしゃいますか？　作品のことで少しお訊きしたいことがあって」

「お約束はされていますか？」

「すみません、していないんです。ホームページの連絡先にはメディア出演の依頼のみとあったので、直接こちらに伺ったんですが……」

千里が言うと、女性は少し困ったような顔をした。

「小野《おの》クン、私はそろそろ出るよ」

受付との仕切りになっている壁の裏から、中年の男が現れた。黒髪をオールバックにかっちりと整え、ブラウンにグレーの細いストライプが入った三つ揃いのスーツを着ている。烏島に見せてもらった写真と、目の前の気障《きざ》な男を照らし合わせる――彼が芳賀誠司だ。

「なに？　私のファン？　どこにサインしてほしいの？」

芳賀は千里に気づくと、面倒くさそうに手を差し出してきた。その対応に、千里は少々面食らう。

「いえ、今日は芳賀さんに見ていただきたい作品があって」

千里が慌てて鞄から皿を取り出そうとすると、芳賀は首を横に振った。

「陶芸家志望なの？　女には無理無理。せいぜい習い事程度にしておきなさいよ」

「あの、違うんです。芳賀さんの師匠である花邑文治さんの作品についてお話を聞きたくて」

千里が言うと、芳賀は露骨に不機嫌そうな顔になった。

「ここは私のギャラリーだよ。どうしてここでわざわざ他人の作品について話をしなきゃならないんだ」

芳賀は受付の女性のほうを睨みつけた。千里は世話になったはずの師匠を『他人』呼ばわりする芳賀に、違和感を覚えた。

「小野クン、きみがこの失礼な女をギャラリーに入れたの？　すぐに追い出しなさいよ」

「も、申し訳ありません」

　頭を下げる女性に、千里は罪悪感を覚えた。芳賀は大げさにため息をつきながら「コート」と言う。小野と呼ばれた女性は、裏側から取ってきたコートを芳賀に着せかけた。

「私は取材があるのでもう行くよ。小野クン、これからは気をつけてくれたまえ。きみもさっさと出て行きなさい」

　芳賀は千里にそう言い捨てて、ビルの前に停まっていたタクシーに乗り込んだ。

「申し訳ありません。先生は最近少しお忙しくて苛立っているようで」

　呆然と立ち尽くしている千里に、受付の女性が申し訳なさそうに言う。

「いいえ！　こちらこそご迷惑をおかけして申し訳ありませんでした……」

　千里のせいで、この小野という女性が芳賀から理不尽にも怒られてしまう結果になった。自己嫌悪にかられながら千里がギャラリーを出ようとすると「待ってください」という声に引きとめられた。

「よかったら、ここに行ってみてください」

　渡されたメモには、住所と『モミの部屋』という言葉が書かれていた。

「モミの部屋？」

千里が首を傾げると、小野は頷いた。

「はい。そこで花邑文治の娘さんが書道を教えてらっしゃるんです。もしかしたら、話を聞けるかもしれません」

＊　＊　＊

受付の女性に教えられた書道教室は、芳賀のギャラリーから十五分ほど歩いた住宅街の一角にあった。

鉄筋の三階建ての古いビル。その一階の引き戸には、消しきれていない学習塾の文字の上に、『書道教室　モミの部屋』と白い文字で上書きされていた。

「こんにちは……」

戸を開け中に入る。受付のような場所はあるが、人はいない。室内の照明も落とされている。芳賀のギャラリーとは違い、さびれた雰囲気だ。

「すみません、誰かいらっしゃいませんか」

「はいはーい、ちょっと待ってね」

受付の奥から出てきたのは、大柄な女性だった。身長は烏島と同じくらいあるのではないだろうか。短い髪とがっちりした体格は、体育会系の雰囲気だ。カジュアルな黒いセーターとジーンズを着ている。手には指なしの薄い黒手袋をつけていた。

「あっ、体験の方？」

女性は千里に気づくと、そう問いかけてきた。笑うと目尻に深い皺が寄る。親しみを感じる笑顔に千里は安堵しつつ口を開いた。

「いえ、あの私は――」

「いらっしゃい！　今は時間外なんだけど、まあいいわ。無料だからぜひ体験していってね。うちは小さい子からお年寄りまで大歓迎よ。いつからはじめても遅いってことはないからね！」

女性はそう言いながら千里の肩を抱き、強引に衝立の向こうにある部屋に連れて行った。

白い長机とパイプ椅子が並べられた空間は、元学習塾の名残を色濃く残している。女性は千里を椅子に座らせると、既に長机に敷かれていた下敷きの上に半紙と文鎮《ぶんちん》をセッティングした。

「あなた、段を取りたいとか、そういう目標はあるのかしら？」

「い、いいえ、そういう目標は特にありません」

「字がうまくなりたいって感じ？　動機はまあどうでもいいわ。書道は心を落ち着かせたり集中力を養ったりするのにも効果があるからね。時間がないから墨は私が磨《す》ったものを使って。自分の好きな漢字二文字の熟語をここに書いてみてね」

強引に筆を持たされてしまい、あとに引けなくなった。習字など何年ぶりだろうと思いながら、千里は頭に浮かんだ言葉を書く。好きな言葉。すぐに思いつくのはこれしかない。

「節約……うーん、なかなか個性的だね……」

千里が筆を置くと、女性が感心したように言った。千里は恥ずかしくなる。

「す、すみません……これしか思いつかなくて」

「いやいや、謝ることはないわよ。いい言葉だと思うわ。節約は大事だよね！」

女性は馬鹿にすることなく、朱色の墨汁を含ませた筆で、千里の書いた文字の上をなぞった。

「竹冠は右上がりに。ここはもう少し間隔をつめたほうがまとまるわ。ここはしっかりとめたほうがいい。そのほうがかっこいいからね」

女性は注意すべきポイントをわかりやすい言葉で教えてくれる。千里はそれに聞き入った。

「本当ですね、すごくかっこよくなりました！」

「でしょ？　注意すべきポイントはこれくらいかな。上手とは言えないけど、文字にあなたのまっすぐな性格が表れてて、私はとてもいいと思うわ」

「あ、ありがとうございます」

思わぬところから褒められて、千里は照れくさい気持ちになる。勧誘するためのお世辞かもしれないが、嬉しい。

「うんうん。練習すればもっとうまくなるわよ。うちは入会金などはないからね。本格的に習いたいなら目標に合わせたお月謝のコースもあるけど、コース以外の時間にフリータイムで書道を学べる女性会員のみの単発講座もあるの。よかったら考えてみてね」

女性に入会申込書を差し出され、千里はようやく本来の目的を思い出した。

「すみません。私、今日は書道の体験ではなく、花邑文治さんの作品についてお尋ねしたいことがあって来たんです」

「えっ、そうなの？」

女性は驚いた顔をする。

「はい。芳賀誠二さんのギャラリーの受付の方に、ここに花邑さんの娘さんがいると聞いて」

「誠司さんのところの受付の……あっ、小野さんかな？」

「はい、ご存じなんですか？」

今度は千里が驚く番だった。

「うん、たまにうちに書道を習いに来てるのよ。あ、私はこの書道教室の代表で、花邑絹子《きぬこ》といいます」

絹子に自己紹介され、千里も慌てて居住まいを正した。

「目黒千里です。質屋に勤めています」

「目黒さんね。ギャラリーに行ったってことは、誠司さんに会ったの？」

「あ、はい……」

千里が言葉を濁すと、女性はすべて察したようにため息をついた。

「ごめんね。あの人、自分のこと以外に興味がないから……。この世のすべての女性が自分を知っているって勘違いしているところもあるし。気を悪くしなかった？」

絹子は芳賀のことをよく知っているようだった。

「いえ、大丈夫です。花邑さんは芳賀さんと親しいんですか？」

「彼、私の同級生で幼馴染みなのよ。父の弟子に入ったときは実家に居候していたしね」

芳賀と同級生ということは、四十八歳。絹子の化粧気のない肌は艶やかで、年齢よりも若く見える。

「絹子さんは芳賀さんと今も一緒に暮らしていらっしゃるんですか？」

「まさか。誠司さんはだいぶ前にうちの家を出てるわよ。私も父が亡くなってから家を出たしね」

千里は一瞬でも芳賀と特別な仲なのではないかと勘繰ってしまった自分を恥じた。

「そういえば父の作品について聞きたいってことだけど、私に答えられるかな。悪いんだけど、陶芸にはまったく興味がなくてね。父の作品の管理は全部、誠司さんに任せてるから」

「いえ、見ていただくだけでかまわないんです」

芳賀のあの態度を鑑みると、彼から情報をもらうどころか会話をするのも難しい。娘の絹子が頼みの綱だ。

「このお皿です」

千里が割れないように巻いた布から紅い皿を取り出すと、絹子は目を見開いた。

「これは……」

「なにかご存じですか？」

千里が聞くと、絹子は頷いた。

「もちろん。私の父が若い頃に作ったお皿だよ。どこでこれを？」

「うちの店主が手に入れたものなんです。皿の裏の銘は花邑文治さんのものに似ていたんですが、共箱や証明書がなかったので本物かどうか確かめたくて」

絹子は千里から皿を受け取ると、裏返して、頷く。

「本物だよ。私たちが生まれたときに、お祝いとして父が作ったの」

「私たち？」

「私には双子の妹がいてね。父は私に紅の、妹に白のお皿を作って、将来、嫁入り道具として持たせるつもりだったらしいわ」

なんと、この紅い皿は絹子のものだったらしい。

「つもり、ということは、嫁入り道具にはしなかったんですか？」

「うん。成人する前だったかなあ、父が金策のためにお皿を知り合いに売ったのよ。あの頃は父の名前も作品も売れてなかったから、生活がかなり大変でね」

娘たちの嫁入り道具を売る——皿を作った文治にとってはさぞかし辛い決断だったのではないだろうか。

「それは……残念ですね」

「まあねえ。でもお金はどうしても必要だったし、背に腹は代えられないってやつよ。

妹は嫁に行く前に亡くなったし、私はこうして独身のままだから、結局お皿は必要なかったんだけどね」

絹子は自嘲する。いい思い出ではないであろう過去を語らせてしまい、千里は申し訳なくなった。

「すみません、個人的なことを聞いてしまって……」

「あ、いいのいいの。逆に気を遣わせちゃって悪いわね。とにかくこのお皿については、私にはもう必要ないものだから」

絹子はそう言って、千里に皿を返した。

これが本物だとわかっただけでも大きな成果だ。絹子に礼を言い、皿を布で包みなおしていた千里は、ふと長机に置かれたままになっている入会申込書に目をとめた。

「花邑さん」

「なーに？」

絹子が振り返る。

「入会申込書、記入して帰りたいんですが、かまいませんか？」

千里が言うと、絹子は嬉しそうに笑った。

双生《そうせい》の祝い皿

「紅と白の祝い皿？」

質屋に戻り、千里が絹子から聞いた情報を報告すると、烏島は大いに興味を示した。

「はい。嫁入り道具にするつもりで作ったそうです」

「花邑文治の若い頃の作品であり、双子の娘の出生を祝う皿であり、嫁入り道具になるはずだった皿――それを生活のために売った、ね。ますます僕好みだな」

デスクに座った烏島は、千里が持ち帰った紅い皿をじっくりと眺める。

烏島の特殊な趣味、嗜好は質屋で働きはじめたこの半年のあいだでよくよく思い知らされてきたので、千里はもう驚かない。が、落ち込む。金のために家族の大事なものを売るという例を、千里はこの質屋で嫌というほど『視て』きた。

「それにしても花邑の娘に話を聞けたのは幸運だったね。芳賀誠司はどうだった？」

「花邑の娘さん、絹子さんとは同級生で幼馴染みだそうです。芳賀さんは弟子入りすると同時に、花邑さんの家に居候していたようで」

「うん。そうじゃなくて、芳賀に対するきみの印象を聞きたい」

千里は少し考え、口を開いた。

「……自分のファンでもなくお金も持ってなさそうな一般人とは口もききたくないって感じの方でした」

千里が感じたままの印象を正直に言うと、烏島は笑った。

「なにがおかしいんですか？」

「いや、評判どおりだと思ってね」

「評判？」

千里は首を傾げる。

「芳賀は自分の作品を代理人には任せず、自分で売ってるんだ。一度まとまりかけた売買の話を別の客のところに持っていって値段を吊り上げ、高値を出したほうに売りつけたりと、なかなか阿漕《あこぎ》な商売をしているようだよ。業界では陶芸ではなく金を愛していると評判だ」

「……あまりいい評判ではないんですね」

「素晴らしい作品を作る人間が、総じて魅力的だったり人格者であったりするとは限らないからね。今のところ彼自身の悪評は、作品の人気で目こぼしされてるって感じかな」

作者の人となりを知ってしまうと、作品に罪はないとわかっていてもよい評価を得ていることを素直に受け止められなくなる。千里は芳賀にも作品にも興味はないが、彼のファンであれば知らないほうが幸せだったかもしれないと思った。いや彼のファンならば、あのナルシストな性格にさらに傾倒し、信者になるパターンもありそうだ。

「師匠の花邑文治はどうだったんでしょう？」

「文治は芳賀とは違って表舞台にほとんど出てこなかった。山の上にある自宅の窯で黙々と作品作りをしていたそうだ。授賞式や個展には、弟子が代わりに出ることも多かったようだね」

師匠の花邑のほうが、千里の想像する陶芸家のイメージに近い。インタビューでもあったが、自己プロデュースに力を入れる芳賀は、陶芸の世界では少し異質なのかもしれない。

「この紅い皿は花邑絹子のものとして作られたんだよね？　彼女から皿を取り戻したいというようなことは言われたかい？」

烏島に尋ねられ、千里は首を横に振る。

「いいえ。絹子さんは陶芸に興味がないみたいです。妹さんは亡くなっているし、絹子さんは独身なので、もう必要ないと言っていました」

今回救いだったのは、絹子が皿に対し、特に思い入れがなさそうだったことだ。もし絹子に皿を取り戻したいと言われたら、千里は力になることができなかっただろう。なぜなら烏島が、欲しいと思い手に入れたモノを手放すことはないからだ。

「文治が皿を売った相手は？」

「花邑の娘さんからは知り合いとだけしか……」

千里が言うと、烏島は手に持った紅の皿をじっと見つめる。長いまつ毛に縁どられた目には、強い光が宿っていた。

「烏島さん、これからどうしますか？」

「白い皿も手に入れたい」

白い皿の存在を知った時点で、烏島はそう言うだろうとなんとなく思っていた。

「この紅い皿を持ち込んだあの男性客が持っているんでしょうか？」

「その男性客なんだけれどね。彼が契約書に記入した個人情報が嘘だとわかった」

千里は目を見開いた。

「あの男性客が他人を騙《かた》っていたってことですか？」

「うん。昨日彼が契約書に書き込んでいるとき、ときどきペンが迷うようにとまっていたのがちょっと気になってね、調べたんだ」

さすが烏島だ。よく見ている。

「でも提示してきた健康保険証は本物でしたよね？」

「うん。健康保険証は本物だ。でもその持ち主はまったくの別人だった」

古物営業法では、客の身分証明書の提示が義務付けられている。健康保険証は顔写真がついていないものも多いので、他人を騙ることは可能ではある。

「身分を偽った理由は……」

「まあ普通に考えるなら、盗品を持ち込んだ可能性だね」

盗品を買い取ると、場合によってはその買い取ったモノを本来の持ち主に返さねばならなかったり、そのモノに払った金が返ってこなかったりというリスクがある。

「きみが視た映像では、男は床の間に飾ってあった皿を持ち出していたんだよね？　コソコソしていたとか、なにか違和感はあった？」

「いえ、結構堂々としていたような気がします」

映像を視ても、盗んでいるという印象は受けなかった。だが、身分を偽るということは後ろ暗いところがある証拠だ。

「男性客の正体、調べます？」

「今、鳩子《はとこ》さんに防犯カメラの映像を見て探ってもらっているところだ」

鳩子は烏島とは長い付き合いのある情報屋である。千里も仕事の関係で何度か会ったことがあるが、鳩子の情報提供は正確な上に早かった。そのぶん料金もかなり高いらしいが、烏島は欲しいものを手に入れるためなら金に糸目をつけない性格だ。

「あの男性客の正体がわかったら、きみに動いてもらうことになるかもしれない。その際はよろしく頼むよ」

千里は頷いた。

＊＊＊

千里が住んでいるアパートは、木造二階建て、築二十年以上という、なかなか味のある物件だ。

六畳一間バストイレ付きで家賃は五万五千円。内装もかなり古いが、商店街や駅が近く便利がいいので、大学生のときから引っ越すことなく住み続けている。

仕事を終えた千里がアパートの階段を上ると、自分の部屋の前に人影を見つけた。千里はため息をつく。

「汀《なぎさ》さん」

千里が名前を呼ぶと、ドアの前に立っていた少女が顔を上げた。アーモンド形の大きな瞳と、耳の下で切りそろえられた栗色の髪。愛らしい顔立ちは、人形のようである。彼女が着ている紺色のコートは名門女子高指定のものだ。

「こんばんは、千里さん」

「こんばんは……じゃないですよ！　うちに来るときは連絡くださいって言いましたよね？」

「近くまで来たからちょっと寄っただけ。寒いから早く中に入れて」

悪びれずに言う美少女に千里は再度ため息をつき、部屋のドアを開けた。どうも千里は、汀に強く出られないところがある。

「どうぞ」

「お邪魔します」

八木《やぎ》汀――彼女とは、烏島の二階の客を通して知り合った。それ以来、どういうわけかこうして親交が続いている。千里の部屋にはもう何度も遊びに来ており、千里が料理を教えたり、逆に汀が紅茶の淹れ方を教えてくれたりする。

「汀さん、夕食は？」

千里はコートを脱ぎながら、部屋の隅に置いてある両親の位牌《いはい》に手を合わせている汀に声をかける。

「食べたわ。千里さんは？」

「私も食べてきました」

汀が勢いよくこちらを振り返った。大きな目をさらに大きく見開いている。そんなに驚くことだろうか。

「千里さんが外食？　珍しいわね。誰と行ったの？」

「もちろんひとりですよ」

昔から人付き合いを避けてきた千里には友人と呼べる人間がいない。普段は節約生活を心がけている千里だが、今夜は寒かったせいか、商店街でいい匂いをまき散らしていたラーメン屋の誘惑にどうしても勝てなかったのだ。

「誘ってくれたら私が一緒に行ったのに……」

「だめですよ。汀さんのところのお手伝いさん、食事を作って待ってるでしょう？　急に誘ったら迷惑になります」

汀には事情があり、実家を出て、別宅で年老いたお手伝いさんと一緒に暮らしている。事前に約束しているならまだしも、急に誘ってお手伝いさんが作ってくれた食事を無駄にするわけにはいかない。

「千里さんってそういうところ、おかたいわよね」

汀はブツブツ言いながら立ち上がると、台所の棚に置いてあるティーセットを手に取った。ピンク色の花が描かれた高そうなカップやポットは、汀が持ち込んだものだ。その横にあるマグカップは彼女の兄が持ち込んだものである。兄妹というものは、やることなすこと似るものだ。

「お茶が入ったわよ」

千里が部屋着に着替え炬燵《こたつ》に入っていると、汀が紅茶を運んできた。汀は優雅な手つきでポットから紅茶を注ぐ。彼女のまわりだけ、ティーサロンのような雰囲気だ。

「いい香り」

「今日は新しい茶葉にしてみたの」

汀が紅茶の入ったカップを千里の前に置く。「いただきます」と言ってひとくち飲むと、深みのある香りと程よく渋みのある味が舌の上に広がった。烏島の淹れる紅茶もおいしいが、汀の淹れる紅茶は優しい味がする。

「おいしいです」

「当然よ。私が淹れたんだから」

まんざらでもない顔で、汀は自分のカップに口をつける。

「あ、そうだ。そういえば仕事先でもらったおせんべいがありますよ。食べますか？」

「紅茶におせんべい？　合うの？」

「わかりません。やめときます？」

「私、出されたものに文句をつけるような失礼な真似はしないわ」

仕事用の鞄を開け、せんべいの入った紙袋を取り出そうとした千里は、「あ」と声を上げた。

「どうしたの？」

「汀さん、はいこれ」

千里は小さなビニール袋に入った鍵を汀に渡した。汀は怪訝な顔をする。

「なんの鍵？」

「うちの部屋の合い鍵です」

商店街の店に合い鍵作製を頼み、先日完成したものを受け取った。汀に会ったときに渡そうとずっと思っていたのだが、すっかり忘れていた。

「今度からはそれを使って部屋の中で待っててください。でもうちに来るときはできるだけ連絡を入れるように。もちろん私だけじゃなくお手伝いさんにもですよ」

汀はまだ高校一年生だ。それも名門女子高に通うお嬢様である。外見も目を惹くので、彼女に外でひとり帰りを待たれるのが千里はとても不安だったのだ。

汀は鍵をじっと見つめたまま、微動だにしない。

「汀さん？」

怪訝に思った千里が声をかけると、汀は弾かれるように顔を上げた。

「この鍵……私にくれるの？」

「そうですよ」

「お兄さまにも渡したの？」

汀の質問に、千里はぎょっとした。

「渡してません！　なんで宗介《そうすけ》さんに渡さなくちゃならないんですか？」

「……私だけ？」

「そうです」

千里が頷くと、汀は「そう……」と言って胸の前で鍵を握り締める。

「大事にするわ」

「いや、大事にしてもらうようなものでは……そりゃ失くされたら困りますけど」

「私が失くすわけないでしょう」

汀は自分の家の鍵がついたキーホルダーに千里の部屋の鍵を取り付ける。それを見て、千里は安堵した。これで心配事がひとつ減った。

「あ、そういえば」

鍵のついたキーホルダーを手のひらで遊ばせていた汀が、ふと思い出したように千里を見た。

「私がさっきこのアパートに来たとき、男の人を見かけたわ」

「男の人？」

「そう。二階の廊下ですれ違ったの。この隣は空き部屋でしょ？　だからたぶん千里さんの部屋を訪ねてきたんだと思うのだけど」

千里は嫌な予感を覚えた。

「それ、どんな人でした？」

「サングラスをかけていたから顔はよくわからなかったんだけど、無精ひげを生やしてた。小柄で細身で……首のところに引きつれたような痣《あざ》みたいなものがあったわ」

汀が説明する男の特徴は、現在行方をくらませている千里の叔父を指し示すものだった。

千里の両親は、高校生のときに交通事故で亡くなった。

そのとき千里を引き取ってくれたのが、唯一の肉親である叔父の目黒新二《しんじ》だった。ただし一緒に暮らしたのは千里が大学に入るまでの短い期間だ。不動産コンサルティングの仕事であちこち飛び回っていた新二は忙しく、ほとんど家にいなかったが、両親と折り合いの悪かった千里にとって、その生活は悪いものではなかった。学校行事の際は駆けつけてくれるなど、千里に優しい叔父だったのだ。

それが一変したのは、この夏。先物取引で多額の借金を抱えた新二は、千里の両親の保険金などをすべて引き出して夜逃げした。

それ以来、新二からの連絡はない。

「おはようございます」

千里が二階の部屋に入ると、デスクに座っていた烏島が上機嫌でスマートフォンを弄《いじ》っていた。

「おはよう、目黒くん。素晴らしい朝だね」

「もうお昼が近いですけど……それに今日は朝から悪天候です」

午前中はあまり客が来ないため、千里の出勤時間は遅めに設定されている。仕事によっては早出や休日出勤を求められることもあるが、烏島は法定の労働時間、休憩、休日をきっちり守り、時間外労働については十分な手当をくれる。烏島自身と彼が買い取るものはブラックだが、職場はとてもホワイトだ。

「烏島さん、そのスマホ買い取ったんですか？」

「うん、一階の客が来てくれてね。見るかい？」

烏島が上機嫌なのは、そのスマホのおかげらしい。間違いなく碌《ろく》でもないものだ。

「『視る』仕事じゃないなら遠慮します……」

「そう言わずに。これも社会勉強のひとつだよ」

烏島に手招きされて、千里はしぶしぶスマホを手に取る。画面を見るとトークアプリのやりとりが表示されていた。その絵文字いっぱいの文面を読み、千里は思わず「うわぁ……」と声を漏らしてしまった。

「よく若い女性に対してポエマーになったり赤ちゃん返りしたりする中年男性がいるけれど、これは両方を兼ね備えた逸材だ」

「このスマホ、誰が持ち込んだんですか？」

「愛人の女性だよ。最近彼との不倫関係を清算したんだが、週刊誌の編集部に持っていってもあまりお金にならないと判断してうちに持ち込んだそうだ」

おそらく烏島はこのスマホにかなりの高値をつけたのだろう。

「最近の女性は合理的だよね。いずれ別れるときを想定して不倫相手とのやりとりをきっちり保存。写真も自分の顔は写らないよう、相手の男の恥ずかしい姿だけをうまく撮る。そして情報を売る相手を見極める。週刊誌に不倫の情報を流すのはもう古いのかもしれないね」

「相手の男性は有名な人なんですか？」

「名の知れた世襲政治家だよ。僕の二階の客との仕事に役立ちそうだ」

千里は聞かなかったことにして、烏島にスマホを返す。最近はこの店主のおかげで、少しだけスルー能力が身についてきた。

「来たわよー！」

大きな声とともに、真っ赤なショートコートを身に纏《まと》った人物が部屋の中に入ってきた。深いスリットが目立つ黒のタイトスカートに、シルバーのハイヒール。ばっちりメイクを施した派手な顔に負けないくらいインパクトのある格好だ。だがそれがよく似合っている。

「やあ、鳩子さん。紅茶でも飲みますか？」

スマートフォンを布に包んで引き出しにしまった烏島が、椅子から立ち上がった。

「いただくわ。外、すっごく寒かったのよ」

鳩子はコートを脱ぐと、来客用のソファに腰掛ける。千里は鳩子に近寄り、手を差し出した。

「鳩子さん、コート預かります」

「ありがと。あら千里ちゃん、パンツスーツなんて珍しいじゃない」

着ている服の変化に目ざとく気づいた鳩子に、千里は少し驚いた。

「前のスーツがくたびれてきたので新しく買ったんです」

「よく似合ってるわよ。ね、廉《れん》ちゃん」

紅茶を淹れている烏島に、鳩子が同意を求める。千里がパンツスーツに変えてから日が経っているが、まだ烏島にはなにも言われていなかった。

「ああ、そういえば変わったのかな？　気づかなかったよ」

「これだから男ってやーね！」

そう言う鳩子の本名は、鳩村剛《はとむらつよし》。外見はゴージャスな美女だが、れっきとした男である。『夜の鳥』というゲイバーを経営する傍ら、情報屋をやっていた。夜の街はさまざまな情報が溢れているが、鳩子は確かな情報だけを取捨選択して運んでくる。

「でもやっぱり地味よね。もうちょっと色気とか可愛さを出してもいいんじゃない？」

鳩子は千里を見ながら、長い脚をこれみよがしに組む。スカートのスリットが割れ、網タイツに包まれた脚がむき出しになった。カールした長い髪も手入れが行き届いており、ゴムでひとつに結わえている千里よりも断然美に対する意識が高い。

「いいんです、このままで。私には一生色気も可愛さも不要ですから」

「えぇ、なんでよ？」

「鳩子さん、目黒くんは強面のおじさんになりたいそうなんですよ」

ティーカップを運んできた烏島が、口をはさんできた。

「はぁ？　イケメンならまだしも、なんで強面のおじさんなのよ？」

「……見た目で舐められないようにしたくって」

千里がぼそぼそと言うと、鳩子はすべてを察したような顔をした。

「ああ、わからないでもないわ。女はそういう憂き目に遭いがちよね」

「鳩子さんもですか？」

「男の格好してたときよりは多いわよ。まあ、あたしはそんなことされたらソイツの面目とともにアレもブッ潰してやるけどね」

鳩子がハイヒールのつま先をクイクイと動かす。十センチはあるピンヒールは凶器だ。

「ところで鳩子さん、頼んでいた件は？」

鳩子の向かい側に座った烏島が、千里に隣に座るよう促した。千里も一緒に聞いていい案件のようだ。

「ああ、もちろんちゃんと調べたわよ」

鳩子はティーカップを置き、持っていた鞄から封筒を取り出して、烏島に渡した。

「男の名前は土屋《つちや》昭三《しょうぞう》、六十二歳」

「仕事は？」

「『八木《やぎ》』の料理長よ」

千里が言うと、烏島は唇に手を当て、「八木か……」と考え込むような顔をした。千里は首を傾げる。

「烏島さん、八木って？」

「七杜家《ななもりけ》の当主の愛人が女将《おかみ》を務める料亭だよ」

七杜家は平安時代まで遡ることのできる名家であり、現当主は烏島の『二階の客』でもある。その愛人は、汀の母親だ。

「八木は神除市の由緒ある料亭でね。会員制で客の選定に厳しいことで有名だ。常連の紹介でも店側が認めなければ客になることはできない」

「八木の料理長ならそれなりに稼いでるはずだと思ったんだけどね。最近行きつけのスナックのツケがかさんで出禁になったそうよ」

千里は土屋のうらぶれた様子を思い出した。紅い皿も飲み代にするつもりだったのだろうか。

「金に困って八木で使っていた皿をうちに売りに来たってところかな。有名な料亭で使っていた皿だと彼は言っていたけど、それだけは嘘じゃなかったようだ」

「八木の料理長が落ちぶれたものね」

鳩子が呆れた顔をする。

「金に困ったら、稼ぐか、借りるか、奪うか。そのどれかしかありませんからね。稼ぐ手段もなく借りることもできなかった人間は、奪うしかない」

烏島の言葉に、千里の脳裏を過ったのは叔父の新二のことだった。新二も千里の貯金を奪い、逃げた。昨夜、千里のアパートを訪ねてきたのは、おそらく新二で間違いない。なんのために新二は今頃自分に会いに来たのか——もしかしてお金を返しに来てくれたのかもしれない。千里は優しかった叔父に対し、かすかな希望を抱いていた。

「烏島さん、紅い皿をその土屋という料理長が盗んでいた場合は、料亭に返さなければならないってことですよね？」

「そうなるね。色違いの白い皿も、もしかしたら料亭にあるかもしれないし、なんとか八木の女将に話をつけて両方譲ってもらえるようにしたいところだけど」

千里の質問に、烏島はめずらしく難しい顔をして腕組みする。

「でも廉ちゃん、あそこ一般人は電話で連絡をとることさえ難しいわよ。女将と会うなんて無理なんじゃないの？」

「問題はそこだね」

しばらく考え込んでいた烏島が、千里を見た。

「目黒くん、きみは確か八木のお嬢さんと親しかったよね？」

千里は自分がこれから烏島になにを頼まれるのかを、言われる前に察した。

＊＊＊

絹子の書道教室は、コースをとっていない女性会員のために、火曜日と金曜日の夜七時から十時まで開放されている。

その時間内であれば女性会員は好きな時間に教室を訪れて、絹子の指導を受けることができた。受講料も月謝ではなくその都度払うスタイルで、道具も教室のものを使わせてもらえることから、気楽に通えるというメリットがあった。

火曜日の午後八時。教室は学校や会社帰りの女性たちでにぎわっていた。堅苦しい雰囲気はなく、講師である絹子やほかの会員と言葉を交わしながら、和気あいあいと字の練習をしている。

「絹子先生、書けました～」

「はいはい、今行くわ！」

セーターにジーンズというカジュアルな格好をした絹子が、教室内を駆け回る。

千里が参加するのはこれで二度目なのだが、絹子は『絹子先生』と呼ばれ、生徒たちにとても慕われているのがわかった。

千里がインターネットで絹子について調べると、書道家としても高い評価を受けているようだった。父親同様華やかな表舞台に出ることはあまりなく、児童養護施設や介護施設などで無償の書道教室を開くなど地道なボランティア活動に勤しみ、神除市の地域活性化のための特別委員にも選ばれている。

「目黒さん」

お手本を見ながら千里が練習していると、ほかの生徒のところを回り終わった絹子が声をかけてきた。

「調子はどう？」

「なかなか難しいです」

絹子は「どれどれ」と言いながら千里の隣に座り、書いた字を添削していく。今日、千里が選んだ言葉は、『質草』だった。

「ねえ、目黒さん。悩みでもある？」

突然絹子からそんなことを言われ、千里は面食らう。

「え？　どうしてですか？」

「あなたの筆の置き方を見ていたら、なんとなく」

千里は目を瞬かせた。

「筆の置き方で心まで読めるんですか！」

「読めるわけないでしょ。なんだか表情が暗いからカマをかけてみただけ」

しれっとそう言う絹子に、千里は脱力した。

「なんだ……絹子先生も特殊能力の持ち主かと……」

「え、なんの能力って？」

「な、なんでもないです！」

絹子に問い返された千里は、首を横に振った。

「その……長いあいだ連絡をとってなかった親戚が最近、私に会いに来たみたいで……あまりいい別れ方をしてないので、今さらなんの用だろうって不安になって」

千里のアパートを訪れた男の首に、引きつれたような痣があったと汀は言った。新二も首に痣がある。幼い頃火傷してできたらしい。

「なんだか面倒なことを頼まれるんじゃないかって不安なのかな？」

千里は何度も頷いた。

「そう、そうなんです」

「そっかぁ。私もそういう経験あるから、少し気持ちわかるな」

しみじみと絹子は言った。

「そういう人ってうまく弱みに付け込んでくるから。自分が断れない性格ってのもあって、いろいろ不安になるんだよね。ちゃんと対処できるかって」

「……そういう場合、先生はどうしていたんですか」

「仕方なく受け入れてた。それがよくないことだとわかっていても、断る強さも手段も持ってなかったんだよね。自分に自信がなかったり、相手に負い目があったりして」

絹子の口からそんな言葉が出てくるとは意外だった。千里が絹子を凝視していると、目が合う。

「なに？　見た目と違って弱いなコイツって思った？」

「そ、そんなこと思ってません！」

千里が強く否定すると、絹子は「目黒さんは優しいね」と笑った。

「優しいのは絹子先生じゃないですか……そんなんじゃ利用されますよ」

「私は人がいいわけでも優しいわけでもないよ。ただ波風立てたくないから従順なフリをしてるだけ」

絹子は自嘲する。

「目黒さんには嫌だと思ったらきっぱり断りなよって言いたいけど、自分ができてないから説得力ないなあ。顔見知りであるほど、突っぱねるのって難しいよね。いろいろ対策を考えて頭の中でシミュレートするんだけど、役に立たない。実際に相手の顔を見たら、うまく言えなかったりしてね」

「わかります」

壊れた人形のように何度も頷く千里に、絹子はくすりと笑った。

「ねえ目黒さん。墨の匂いって、いい匂いでしょ？」

「あ……はい。とても落ち着きます」

千里が言うと、絹子はニッと笑った。

「墨を磨ったり字を書いたりすることは、心を鎮めるのにとても効果があるの。ここに来る生徒さんも、仕事や家庭になにかしらストレスを抱えてる。気負わず通える受講体制を設けてるのも、この教室でうまく息抜きの方法を見つけてほしくてね……女が生きづらい世の中だから」

女性専用の受講時間を設けているのは、そういう理由からなのだろうか。教室にいる明るい女性たちの表情を見て、千里は思う。

「絹子さんはどうして書道の道に進んだんですか？」

「私？」

千里は頷いた。父親のように陶芸の道に入ることを考えなかったのだろうか。

「私の場合は父が箱書き……作品をおさめる共箱に名前を書いたりすることなんだけど、それを見てやってみようと思ったのがきっかけだね」

「陶芸家になろうと思ったことは？」

絹子は首を横に振る。

「ないね。陶芸にはまったく興味がなかったし。父もよく言ってたわ」

「なにをですか？」

「女には芸術が創造できないって」

千里は絹子を見た。彼女は淡々とした表情だ。

「女は作品の題材になることはできるけど、作品を生み出すことはできないって。それが父の口癖だった」

「……書道の作品も芸術ですよね？」

「ううん、私にとって書道は芸術じゃない。もっと地に足がついた……生活の手段っていうほうがしっくりくるかな」

別の生徒が絹子を呼ぶ声がする。絹子は「はーい」と返事をして、そちらに向かった。

そのとき、スーツのポケットに入れていた携帯電話がバイブレーションで着信を知らせてきた。

千里は教室の外に出て、発信者を確かめる。

液晶画面に表示された名を見て、千里は今日、烏島から頼まれた用事を思い出した。利用するのは気がすすまなかったが、背に腹は代えられない。

意を決し、千里は携帯電話の通話ボタンを押した。

「もしもし、千里です」

破物《われもの》と小娘

料亭『八木』は、神除川《かみよけがわ》の上流沿い、自然に囲まれた静かな場所にある。

高い壁に取り囲まれた古い建屋は、登録有形文化財指定を受けているらしい。よく磨かれた長い廊下を歩き通された部屋からは、趣のある中庭が見えた。

千里は料理長の土屋に出くわさないかヒヤヒヤしたが、幸いなことに顔を合わせたのは案内を買って出た仲居だけだった。

仲居が部屋を出て行ってから、隣に座っていた宗介が千里を見た。

「烏島から俺に頼めって言われたのか？」

七杜宗介。七杜家の跡取りであり、汀の異母兄だ。美しい黒髪と切れ長の目が印象的な端正な顔立ち。タイプは違うが、兄妹そろって美形である。着ているのは名門鳳凰《ほうおう》学園の制服。まだ高校三年生だが、身に漂わせるオーラには威圧感があり、たまに年下であることを忘れそうになる。

烏島の『二階の客』である七杜家の当主が多忙なため、その跡取りである宗介は代理としてよく質屋にやってきていた。千里が宗介と知り合ったのは、七杜家ではなく彼自身が持ち込んだ依頼がきっかけなのだが、こうして個人的に頼みごとをできるくらいには、親しい交流が続いている。

「いえ、言われてません」

鳥島から汀に口利きを頼むよう言われたが、千里はそれに従わず、たまたま自分に電話をかけてきた宗介に頼むことにしたのだ。

「八木の女将が汀の母親ってことは知ってるんだろ。どうして汀に頼まなかった？」

「……汀さんを仕事の話に巻き込みたくなくて」

千里が言うと、宗介は不貞腐《ふてくさ》れたような顔をする。

「俺にならいいのかよ」

「宗介さんは嫌なら断るだろうと思ったし、いつも頼みごとを受ける場合は交換条件を出してくれるから」

楽と言うのは少しおかしいかもしれないが、見返りを求められるほうが安心するのだ。

「……まあ、汀に頼まないのは正解だったな。あいつは実家を出てから母親とまったく連絡をとってないはずだ」

「そうなんですか？」

「ああ。いろいろと複雑なんだよ」

だがそれを言えば、宗介と八木の女将の関係も複雑なはずだ。その大きな態度でついつい忘れがちになるが、宗介もまだ高校生。庇護されるべき子どもである。

「私、宗介さんに甘えすぎているのかもしれませんね。すみません」

千里は謝る。しかし宗介から返事は返ってこない。

「宗介さん？」

千里が宗介の顔を覗き込むと、なぜかギロリと睨まれた。

「千里、交換条件は覚えてるだろうな」

「あ、はい。それはもちろん」

八木と女将と会えるよう口利きを頼むかわりに、宗介の言うことをひとつ聞く、という約束だった。

「私、なにをすればいいですか？」

「二十四日、あけとけ」

千里は鞄から手帳を取り出し、仕事のシフトを確認する。

「あ、二十四日は仕事です」

「おい、なんでも言うこと聞くんじゃなかったのかよ」

凄んでくる宗介は、年下とは思えないほどの迫力だ。

「そう言われても、もうシフト出しちゃったので。夜ならあいてますよ」

「……夜でいい」

宗介はふいっと視線を逸らす。髪からのぞく耳が赤い。怒らせたのだろうか？　その大人びた横顔を見つめながら、千里は難しい年頃だなあと心の中で思った。

「あ、そういえば宗介さん、今さらなんですけど一昨日はなんの用で私に電話をかけてきたんですか？」

宗介からかかってきた電話は、千里が頼みごとをするだけで終わってしまった。

「別に大したことじゃない。それに用件はもう済んでる」

「そうなんですか？」

そのとき、「失礼します」という声がふすまの向こうから聞こえてきた。

部屋に入ってきたのは、菊の模様が入った着物を着た女性だった。栗色の髪をひとつにまとめ、薄化粧を施した顔立ちは凜《りん》として美しい。すぐに彼女が八木の女将だとわかった。

女性は宗介と千里を一瞥してから、漆塗りの座卓の向かい側に腰をおろす。姿勢がいいせいか、座るだけの所作にも風格を感じた。

「お久しぶりです、宗介さま」

宗介を見た五鈴《いすず》が、恭しく挨拶する。

「……昨日電話で話した目黒千里、汀の友人だ」

宗介はそう言うなり、立ち上がった。千里は驚く。

「宗介さん？」

「俺は帰る。千里、約束忘れるなよ」

宗介は振り返ることもなく部屋を出ていった。五鈴は黙ってそれを見送ってから、千里を見た。

「八木五鈴です」

冷めた表情と声。そのどちらも、汀によく似ていた。

「目黒千里です。今日はお忙しい中お時間を割いていただき――」

「そういう挨拶は結構ですから、用件を」

五鈴に冷たく言葉を遮られた千里は、少し懐かしい気持ちになった。はじめて汀に会ったときも、今と同じようにツンケンした態度を取られたのだ。

「なにを笑ってらっしゃるの？」

五鈴が怪訝な顔をする。知らないうちに思い出し笑いをしてしまったらしい。千里は表情を引き締め、持っていた布包みを座卓の上に置いた。五鈴の視線を感じながら、千里は布を解く。

「八木さんはこのお皿に見覚えはないでしょうか」

しばらく紅い皿を見つめていた五鈴が、口を開いた。

「大女将――私の母のものです。どうしてあなたが持ってらっしゃるの？」

「先日、うちの店、質屋に持ち込まれたんです」

やはりこの紅い皿は土屋のものではなく、料亭のものだった。

「皿を持ち込んだのは、うちの土屋かしら？」

千里は目を見開いた。

「ご存じだったんですか？」

「知っていたわけではありません。ですが、土屋がやりそうなことだと思ったので」

自分の店の料理長が盗みを働いたというのに、五鈴はまったく動揺していなかった。

「あの、今、土屋さんはこちらに……？」

「いません。先日、解雇しましたから」

五鈴の言葉に、千里は驚いた。

「お皿を盗んだことが原因で？」

「いいえ、彼が皿を盗んだことは今このときまで知りませんでした。解雇したのは土屋が板前見習いに暴力をふるったからです。まあ理由はそれだけではなく、以前から問題行動が多かったからですけど」

五鈴は冷たい表情で微笑んだ。

「俺の代わりはいないぞ、店がつぶれるぞと脅すようなことを何度も言っていましたけど、どうやら困っているのはうちではなく土屋のようですね」

「……そうみたいです」

金に困っていたのは間違いない。有名料亭の料理長だが、あの高圧的な態度が通常営業なのだとしたら、技術や経験はあってもうまくやっていけないだろうと思った。

「このお皿は料亭で使っていたんですか？」

「そうです。でも皿を使いはじめてからよくないことが続けて起こったので、すぐ使用をやめました」

「よくないこと？」

「父が事故死したり、ボヤ騒ぎが起こったり、常連客が食中毒になったり。私は考えすぎじゃないかと思ったんですけれど、母はそうは思わなかった。皿を売った知人の店がうまくいっていないということもあって、これは縁起が悪いんじゃないかと」

千里が皿に触れて視たのは、五鈴の言う『よくないこと』に巻き込まれた人々なのだろうか。

「使用をやめてからは？」

「母にとっては高い買い物だったので、売ることもできず捨てることもできず、自宅に持ち帰って飾っていました」

土屋は床の間に飾っていた皿を布に包み、持ち出していた。てっきりあの場所はこの料亭だと思っていたのだが、違ったようだ。

「土屋さんはお母様の自宅によく出入りしていたんですか？」

「父親が亡くなってから、母は盲目的に土屋を信頼していたので、もしかしたら生前に鍵でも渡していたんじゃないかしら。鍵を持っていなかったとしても、母が死んで今は空き家になっていますから、鍵を壊して出入りするくらいは容易でしょうね」

五鈴の言葉の端々には、自分の母親に対する棘が感じられた。

「あの、警察に届けは出されますか？」

「騒ぎにしたくないので出す気はありません。皿を取り戻す気もありませんし」

これには千里が面食らう。

「でもこのお皿は八木さんのお母様のものですよね？　かまわないんですか？」

「ええ。私、土屋の恨みを買っていますので。これから彼がうちに無茶な要求や脅しをかけてくる可能性もありますから、皿は盗まれたままのほうが都合がいいんです」

恨み、という言葉に千里はただならぬものを感じる。

「恨みって……なにかあったんですか？」

「大女将が亡くなって私が女将になってから、土屋は以前のように好き放題できなくなりました。自分より若い女に指示されるのが屈辱だったようで。そういう状況が何年も続いた上での解雇ですから」

若くして由緒ある料亭を継ぐということがどういうことか、千里は五鈴の背負っているものの大きさを垣間見た気がした。

「なにかあった場合は土屋に対し、そちらのお店の名前を出させてもらうことになると思いますけど」

「店主に確認してからのお返事になりますが、たぶん問題ないと思います。よかったらこれを」

紅い皿をこのまま譲ってもらえるのであれば、烏島は喜んで協力するだろう。千里は質屋の住所と電話番号が載った店の名刺を五鈴に渡した。五鈴は名刺をしばらく見つめてから、顔を上げる。

「用件はこれで全部かしら？」

「すみません、まだあるんです。八木さんのお母様はこれと色違いの白い皿を持っていませんでしたか？」

烏島から命じられた重大な任務は、紅い皿の共箱と白い皿が料亭に残っていた場合、買い取ることだ。

「いえ、紅い皿だけです」

「お母様は知人の店から買い取ったとおっしゃっていましたが、どなたかわかりますか？」

「呉服屋『野本《のもと》』のご主人です。まだお店をやっているかどうかはわかりませんけど」

千里は手帳に書き留める。

「あと、紅い皿をおさめていた共箱があったら譲ってもらえないでしょうか？　土屋さんは質屋に共箱を持ち込んでいないので、もしかしたらお母様のご自宅のほうに残っている可能性があるのですが……」

「かまいませんよ。探してみましょう」

あっさりと五鈴は了承した。

「本当ですか！」

「ただし条件があります」

千里は緊張した。金額の交渉は千里の判断ではできないので、烏島にいったん相談しなければならない。

「汀のことを話してくださるかしら？」

「汀さんの話？」

予想外の条件に、千里は戸惑う。

「宗介さまは、あなたを汀の友人だと言っていました。違うのですか？」

「一緒に食事をしたり買い物に行ったりはしてますけど……年も離れているし、友人と言っていいのかどうか……」

「宗介さまが言っていたことは嘘だと？」

鋭い視線を感じ、千里は慌てて首を横に振った。

「う、嘘はついてません。でも汀さんの許可なく、あれこれ話すのはちょっと……」

千里が言うと、なぜか五鈴の表情が和らいだ。

「あなた、うちの事情はご存じなんでしょう？」

「あ……はい」

七杜当主の妻は身体が弱かったため、宗介を産んでしばらくして亡くなった。愛人である五鈴とのあいだにできたのが汀とその弟だ。汀は現在、七杜家の教育を受けさせるため、父親の別邸に引き取られている。

「実はあの子がうちを出てから、一度も連絡を取っていないんです。汀は私が七杜の愛人であることを恥じていたから」

千里が思い出したのは、出会った頃の汀に言われた言葉だ。

『七杜家に入るのは無理。いいとこ愛人止まりよ』

成り行きで汀にマナーを習うことになった千里は、彼女から七杜家の跡取りである宗介と結婚したがっていると勘違いされた。十六歳という少女のどこか達観したような口ぶりにひどく驚いたのを、千里はよく覚えている。

「家を出るときも、最後は喧嘩別れのようになってしまって……当たり障りのないことでいいの。最近なにをして遊んでいるかとか、そういうことで」

五鈴は目を伏せる。先ほどまで見せていた女将としての凜とした表情はもう、そこにはなかった。

「汀さんとは……うちで一緒に料理を作ったり紅茶を飲んだりしています」

千里が言うと、五鈴は驚いた顔をした。

「あの子、料理ができるようになったの?」

「はい。カレーやシチューはひとりで作れるようになりました。とてもおいしいですよ」

「うちにいるときは包丁も持ったことがなかったのに」

五鈴はしきりに感心している。千里も嬉しくなった。

「食後はいつも汀さんが紅茶を淹れてくれます。うちにきれいなティーセットと茶葉を持ち込んで。それがとてもおいしいんです」

「……ティーセットって、ピンクの花の模様が入った？」

「あ、はい」

千里が頷くと五鈴が笑った。はじめて見る笑顔だった。

「それ、私がプレゼントしたものなの。今も使ってくれているのね」

千里は汀がときおり見せる、寂しそうな横顔を思い出していた。ふたりがどうにかして歩み寄れないものかと考えたが、方法が思いつかなかった。他人がどうにかできるほど、肉親との関係は簡単なものではない。千里はそれをよく知っている。

やりきれない思いを抱えながら、千里は料亭を後にした。

＊＊＊

質屋に戻ると、烏島は一階で接客中だった。

烏島から長くかかりそうなので報告は明日でいいと言われ、千里は皿を置いて帰ることにした。紅い皿の共箱は見つかり次第、五鈴が質屋に連絡をくれることになっている。その旨をメモに残し、千里は帰途についた。

千里がアパートに戻ると、部屋に明かりがついていることに気づいた。消し忘れたのかと思いながらドアを開けると、部屋の中からおいしそうな匂いが漂ってきた。

「おかえりなさい！」

千里を出迎えたのは、エプロンをつけた汀だった。

「汀さん？」

「ごはんまだでしょ？　もうすぐできるから着替えてきて」

汀はそう言って、台所のガスレンジの上にある鍋をお玉でかきまわす。そこでようやく、千里は汀に合い鍵を渡したことを思い出した。家で食事を作って待ってくれている人がいる——千里は久しぶりに味わった幸福に胸がいっぱいになる。

「千里さん、今日はいつもより早かったわね」

「あ、はい。予定より用が早く済んだので」

汀に五鈴と会ったことは話せなかった。スーツを脱ぎ、部屋着に着替えていると、なにか言いたげな汀の視線とぶつかった。

「汀さん、どうかしましたか？」

「えっと……ついさっきね、千里さんの叔父さんがここに来たの」

心臓がドクンと大きな音を立てた。

「叔父が部屋に……？」

「こないだ訪ねてきてた男の人。千里さんがたぶん叔父さんだって言ってたでしょう」

千里は余計な情報を汀に教えてしまったことを後悔した。

「叔父は名乗りましたか？」

「ええ、名刺をもらったの」

汀に渡されたのは、新二が夜逃げする前に使っていた名刺だ。これで汀を信用させたのだろう。ここに記載されている電話はもう繋がらないことを千里は知っている。

「なんの用でここに来たか言っていました？」

千里がきくと、汀は視線を泳がせた。

「あの……財布を落としたから、千里さんに交通費を借りに来たって」

「交通費？」

汀は頷く。その気まずそうな表情を見て、千里は察しがついた。

「もしかして汀さん、叔父にお金を貸したんですか？」

「……今すぐ取引先に向かわないと大事な商談に間に合わないっておっしゃって」

「いくらですか？」

「……一万円」

千里は血の気が引くのを感じた。たまたま千里の部屋にいただけの子どもに、一万円を借りた叔父。猛烈に情けなく、恥ずかしかった。千里は鞄の中から財布を出し、虎の子の一万円を汀に渡した。

「ごめんなさい、汀さん。うちの叔父が迷惑かけて」

「私こそごめんなさい……きっと余計なことしちゃったのよね？」

不安そうな顔をする汀に、千里は無理やり笑顔をつくった。汀に迷惑をかけた上に、気を遣わせてしまった。これでは五鈴に『汀の友人』と名乗ることはできない。

「そんなことないです。叔父は助かったと思いますから。でもこれからは絶対にお金を貸さないでください。叔父が来ても無視していいですから」

「……わかったわ」

神妙な顔で頷く汀に、千里は微笑みかける。

「じゃあごはんにしましょうか！　今日はなんですか？」

「玉子と大根のスープと肉じゃがよ」

「肉じゃが初チャレンジですね。楽しみです」

ようやく汀に笑顔が戻る。そのことにほっとする一方で、千里は自分の足元がぐらぐらと揺れるような、不安定な気持ちに襲われていた。

紅絹《もみ》の皿

朝から雨が降る日は、どうしても気分が憂鬱になる。

だが今、千里の心を曇らせているのは雨のせいばかりではなかった。質屋の階段を上がり傘の滴を落としていると、裏の家の庭の木で雨宿りしているカラスたちを見つけた。きらりと光る硝子玉のような目は、こちらの心まで見透かしてくるような気がする――そんなはずはないのにだ。

「おはようございます」

逃げるように部屋に入ると、烏島はデスクで新聞を読んでいた。烏島はパソコンや携帯端末などのデジタル版ではなく、紙で読むことを好む。そのほうが記憶に残りやすいのだと以前話していた。

「おはよう、目黒くん。昨日は悪かったね。接客が長引いて」

「いえ。お皿と一緒に置いておいたメモ、見ていただけましたか？」

「うん、見たよ」

新聞を置いた烏島が、千里の顔をまじまじと見つめる。

「なんだか顔色が冴えないね」

千里はぎくりとした。実は昨夜、あまり眠れなかったのだ。

「気圧のせいで、ちょっとだるくて。雨がやんだらよくなると思います」

「そう？　ならいいけど」

烏島はそれ以上追及してくることはなかった。烏島は千里の変化に敏《さと》いので、気が抜けない。

「烏島さん、それは？」

千里はデスクの上に置かれた風呂敷包みに気づき、尋ねた。

「ああ、きみが八木さんに頼んでいた紅い皿の箱だよ。実家の倉庫に残っていたらしい。今朝、届けに来てくれたんだ」

「えっ、五鈴さん本人が店に来たんですか？」

「うん。うちが七杜と取引のある店だと知って、土屋の件で相談を受けたんだ。紅い皿はうちにそのまま譲ってくれるそうだから、喜んで協力させてもらうと伝えたよ」

七杜家と取引があるということが、どれだけ信用につながるかわかった気がした。昨日、千里が五鈴から『汀の友人』だと認められたのも、宗介のおかげだ。

「そういえば八木さんが皿の共箱のお代はきみからもらったと言っていたけど、立て替えてくれているのかい？」

「いいえ、お金を払ったんじゃなく条件を呑んだだけです」

「条件？」

千里は少し迷ってから、口を開いた。

「……八木さんから汀さんの話をしてほしいって言われて」

烏島は「なるほど」と頷いた。

「あそこも複雑な事情を抱えているからね」

「それを知っていて、烏島さんは汀さんに口利きを頼めって言ったんですか？」

千里が睨みつけると、烏島は肩をすくめる。

「宗介くんに頼むよりはマシだと思ったからだよ」

「どうしてですか？」

「宗介くんは八木の女将とかなり険悪な仲だそうじゃないか」

千里は目を見開いた。

「なんでそれ、教えてくれなかったんですか……！」

「知ってるかと思ったんだよ。もしかしてきみ、口利きを宗介くんに頼んだのかい？」

「頼みましたよ。私、とんでもない鬼畜野郎じゃないですか……」

険悪な仲だと知っていたとしても、千里は宗介にしか頼めなかっただろう。しかしそれを知っていれば、料亭までついていくという宗介の申し出は断ったはずだ。

「宗介くんの母親が、ひとりしか子どもを産めなかったことをまわりから責められているときに、父親は母親公認で愛人と関係を持つことになったからね。小さい頃は父親とその愛人に対して、かなり反発していたと聞いている」

「今も？」

「さすがに今は表立って反発するような真似はしないさ。七杜の家系を絶やすわけにはいかない。彼はその重要性をよく知ってるはずだ。父親と同じ状況に置かれたら、彼もきっと同じ選択をするだろうね」

千里は胸を痛めた。個人の幸せより、『家』が優先される。自分には到底理解できない世界だが、名家を継ぐということは、それだけの責任と重圧が伴うのだろう。

「目黒くんはどう思う？」

「あまりに世界が違いすぎて……宗介さん、大変だなって」

千里が言うと烏島は、「宗介くんも報われないな」と苦笑した。

「え、今なんて？」

「いや、なんでもないよ。大変なのは七杜だけじゃなく、八木も一緒だ」

「五鈴さんのことですか？」

烏島は頷いた。

「彼女はひとりっ子だからね。大女将を亡くし、若くして料亭を継ぐことになったときは、内輪からの反発や客離れも多かったらしい。店を一からはじめるのも大変だが、大きな看板を引き継ぐのも大変だ」

「……だから七杜さんと？」

「いくら由緒ある老舗料亭とはいえ、広義としては水商売だ。下に見る人間も多い。うしろ盾のない若い女将となれば、弱みに付け込もうとか、妙なちょっかいをかけようとする輩も多かっただろう。けれど力のある男がうしろについているとなれば、そういうセクハラやパワハラからは守られる」

以前勤めていた会社の別の部署に社長の娘が働いていたが、宴会などでお酌をさせたり、性的な話題を振ったりする人間は誰ひとりとしていなかった。それと似たようなものなのかもしれない。

「とはいえ、七杜さんは金銭的な支援は一切していない。今、あの料亭が存続しているのは彼女の手腕だよ」

「でも世間一般には、七杜さんの力だと思われてますよね」

「成功した女性を素直に認める男は少ない。必ず親や男の助力を疑うものだ。彼女はどうあっても色眼鏡で見られる自分の評判より、仕事の効率を上げることを選んだんだろう。敵は外部だけではなく内部にもいただろうからね」

五鈴は土屋とは折り合いが悪いようだった。料亭をクビにしてからもなにかあった場合に備えているところを見るにつけ、おそらくこういうことははじめてではないのだろう。

「七杜は家系を絶やさないため、八木は店を潰さないため。お互いの利害が一致した結果、今があるというわけさ」

生まれたときから既に進むべき道が決まっている宗介や汀。千里は今交流を持っているふたりが、自分とはまったく違う世界に生きる人なのだと再認識させられた。

「そろそろ本題に入ろうか」

烏島はそう言って、風呂敷を解いた。

「え、これは……」

中から現れた共箱は黒く焼け焦げていた。

「昔、料亭の倉庫でボヤ騒ぎが起こったらしくてね。そのときこれも一緒に焼けてしまったようだ」

そういえば、五鈴が言っていた『よくないこと』にはボヤ騒ぎも含まれていたなと思いながら共箱を見る。蓋に書かれている文字はかろうじて読めた。『紅絹の皿』だ。

「これはなんて読むんですか？」

「もみのさら、だね」

「あ、絹子先生の書道教室の名前も『モミの部屋』なんです」

千里が言うと、烏島は首を傾げた。

「絹子先生？」

「あ、私、花邑さんの娘さんの書道教室に通いはじめたので」

「ふうん、上達してるのかい？」

「まあまあです」

上達するほど通っていないが、『節約』と『質草』は以前よりうまく書けるようになった。

「目黒くん、この共箱だけど視られるかな？　かなり状態は悪いんだけど」

「やってみます」

以前、焼け焦げたペンダントが質屋に持ち込まれたときは、なにも視ることができなかった。だが、文字はかろうじて読めるので、やってみる価値はある。

千里は目を閉じ、共箱の蓋の字の上に手のひらを置いた。

意識を集中させたが、ぼんやりした人影が現れては消えていくだけで、やはりはっきりした映像を視ることができない。だがしばらくすると、座敷に正座している大柄な男の姿が視えた。筆をとり、真剣な表情で共箱に文字を書き入れている。花邑文治だ。三十代くらいだろうか、頭髪はふさふさで、顔も若い。

「若い花邑文治さんが視えました。蓋に字を書き入れていました」

「そうか。なら、この祝い皿は本物だね」

烏島は席を立ち、壁に作りつけられた棚に歩み寄る。これまで烏島が買い取った『コレクション』が並んでいる。烏島は棚の二段目、イーゼルに飾っていた紅い皿を手に取った。

「しかし書道教室の名前にするくらいなのに皿には思い入れがない、か。花邑の娘さんはあまりモノに執着しないタイプなのかな?」

「そうですね。ボランティア活動なども積極的にされてますし、欲のない人だと思います」

千里が言うと、烏島は目を細めた。

「会って間もないのに、ずいぶんと慕っているんだね」

「それは……優しくて聞き上手だし……私だけじゃなく皆に慕われていますよ」

千里が言うと、烏島は「へえ」と、意味深な視線を寄越す。なんだか居心地が悪い。

「話が脱線したね。皿は飾りとしてではなく、料亭で使われていたという話だけど」

烏島が話を元に戻したので、千里はほっとした。

「あ、はい。でもお皿を使うようになってから五鈴さんの父親が事故で亡くなったり、ボヤ騒ぎや食中毒が起きたりと悪いことが続いたそうで、縁起が悪いからと使用をやめたそうです」

「祝い皿なのに縁起が悪い、か。気になるな……」

烏島は独り言《ご》ち、千里を見た。

「大女将に皿を売った呉服屋だけど、調べたら現在も営業中だった。出勤したばかりで悪いけど、これから事情を聞きに行ってくれるかな？　白い皿について知っているかどうかも確かめてきてほしい」

忙しいのはいいことだ。余計なことを考えずに済む。千里は「わかりました」と頷いた。

＊　＊　＊

呉服屋『野本』は、閑静な住宅街の中にあった。

反物が飾られているショーウィンドウは汚れて曇り、建物や看板も悪い意味での古さを感じる。全体的にさびれた雰囲気だ。それを見ながら、千里は傘を畳み、入り口のところに立てかける。

「こんにちは」

中に入ると、小上がりになった座敷でテレビを見ている年老いた男と目が合った。頭髪はほとんどなく、深い緑の着流しを着て胡坐《あぐら》をかいている。店内に客はおらず、着物を掛けるための衣桁《いこう》にはなにも掛かっていない。

「野本喜朗《よしろう》さんはいらっしゃいますか？」

「俺だけど。営業なら帰ってよ」

面倒くさそうに言われた。これまでも営業と間違われることはよくあった。こういう場合は、名乗るより先に用件を言ったほうがスムーズだ。

「昔、野本さんが所持していた花邑文治さんのお皿について、教えていただきたいことがあって、来ました」

野本の表情が動いた。

「花邑の皿？　アンタ誰」

「質屋のものです。今、花邑さんの作品について調べていて」

千里は質屋の名刺を差し出した。野本は老眼鏡をかけ、名刺をじっくり眺めてから、再び千里を見る。

「花邑の皿はもうとっくに知り合いに売ったから、俺のところにはないよ」

「野本さんが売ったのは紅いお皿ですよね。それと色違いの白いお皿を探しているんですが、ご存じありませんか？」

千里の質問に、野本は怪訝な顔をする。

「白？　知らんね。俺が買い取ったのは紅い皿だけだが」

「そうですか……紅いお皿は誰から？」

「誰って花邑本人に決まってるだろ」

野本は当然のことのように言う。

「野本さんは花邑さんと親しかったんですか？」

「花邑は中学のときの同級生さ。あいつ早くに奥さん亡くしたから、心配してよく様子見に行ってやったもんだよ」

「様子？」

千里は首を傾げる。

「双子の娘がいたんだよ。男親ひとりじゃ手に余るだろうと思ってな」

絹子が妹だけではなく母親も早くに亡くしていたと知り、千里は驚いた。

「野本さんはどういう経緯で花邑さんからお皿を買い取ることになったんですか？」

「花邑の娘が成人する前に、うちの店で振り袖を仕立てないかって持ちかけたんだよ。そしたら金が足りないから、かわりに自分の作品を買い取ってほしいと頼まれてね。俺、困ってる奴を見ると放っておけない質《たち》だから」

皿を買ったのは困っている人を放っておけないからではなく、振り袖を作らせるためではなかったのだろうか。野本のどことなく押しつけがましい物言いを聞いていると、そんな気がしてしまう。

「あの頃あいつは売れない陶芸家だったからまったく期待してなかったんだが、花邑の娘が届けに来た皿を見たら、想像以上にいいもんだったんで驚いたよ」

「娘？」

「ああ、双子の姉さんのほうな。昔はうちに父親のかわりによくお使いに来てたんだよ」

双子の姉――絹子のことだ。

「妹さんもですか？」

「妹は来てないよ。身体が弱くて、あんまり外を出歩けなかったんだ。亡くなった奥さんそっくりの器量よしだったんだけど、身体弱いところまで似ちゃってなあ。成人を迎えて間もなくして死んじゃったんだよ。美人薄命ってやつだ。姉のほうは花邑に似て不細工だったおかげで頑丈だったけどな」

笑いながら言う野本に、千里は不快感を覚えた。しかし、表情にまったく悪気はない。実際、野本は悪いと思っていないのだろう。

「買い取った皿はご自宅で使っていたんですか？」

喉元まで這い上がってきた不快感を呑み込んで、千里は尋ねた。

「いーや、俺の娘に嫁入り道具として持たせてやったんだ」

本当なら文治の娘の嫁入り道具になるものが、野本の娘の嫁入り道具になった――皮肉なことだと思ったが、文治が皿を売ったのは娘の振り袖を仕立てるためだったのだから、まだ救われた気持ちになった。

「今、野本さんは紅い皿を娘さんにあげたとおっしゃいましたけど、知人に売ったんじゃなかったんですか？」

「あぁ、娘はね、すぐに亭主と別れて出戻ってきたんだよ、嫁入り道具ごと」

野本は顔をしかめながら言った。

「皿を買い取ってから、うちはよくないことが続いてね。娘は離縁して戻ってくるし、孫は脳に障害があってまともに喋れない、店の経営も傾いて……逆に花邑の作品はその頃から人気が出てきてたんだよ。高値がつくこともわかったからね。八木さんのところに譲ってやったんだ」

不幸な出来事が続いた皿を知り合いに売り、そこでも不幸な出来事が続いた。これは偶然なのだろうか？

「花邑は『祝い皿』だと言ってたが、俺にとっちゃ『呪いの皿』だったよ」

そう言って辛そうな表情をする野本に、千里は同情する気にはなれなかった。

銭金《ぜにかね》に親子はない

呉服屋を出て質屋に戻る頃には、雨はすっかりやんでいた。

「呪いの皿ねえ……」

千里の報告を、烏島は終始つまらなそうな表情で聞いていた。

「野本はその呪いの皿を、八木に売ったわけだ」

「はい。お店の経営が傾いていたと言っていましたから、お金に困ってのことだとは思いますけど」

「野本の旦那と八木の女将は知り合いだったんだろう？　不幸が続く呪いの皿をわざわざ知人の店に売りつけるとは、なかなかいい性格をしているじゃないか」

それは千里も気になっていた。

「まあ、自分の商売がうまくいっていないときに、同じ商売人の不幸を願うっていうのは別段珍しいことじゃないけど」

「もしかして烏島さんも経験者だったりします？」

「不幸を願われたほうのね。同業者で潰し合いっていうのはどこの業界でもよくある話さ」

　烏島がいつどういうきっかけで質屋をはじめようと思ったのか、千里はよく知らない。そういう個人的なことを詮索されるのをこの男は嫌う。こうして過去の話をするのは、とても珍しいことだった。

「烏島さん相手に、ですか？」

「この見てくれだしね。あちらさんには知識も経験も少なそうな若造に見えたんだろう」

　千里がはじめて烏島と会ったとき、二十代後半から三十代前半くらいに見えた外見は、一緒にいればいるほど、年齢不詳に見えてくるのが不思議だ。色素の薄い髪の色や彫りの深い端正な顔立ちは人形めいている。人形には年齢を感じない。それと同じだ。

「潰そうとしてきた店は、今はどうなったんですか？」

「偽物を大量に掴まされたり、インターネットの掲示板に営業を妨害するようなことを書き込んでいるのがバレて逮捕されたりして、今はもうどの店もなくなってるんじゃないかな」

　そう言って微笑む烏島に、千里は背筋が寒くなった。烏島を潰そうとするなど、怖いもの知らずすぎる。

「話を戻そうか、目黒くん。野本は白い皿は買ってないんだよね？」

烏島に問われ、千里は頷く。

「はい。紅い皿だけだそうです。白い皿の存在も知らないようでした」

野本は皿が花邑の娘の嫁入り道具として作られたことも知らないようだった。

「白い皿は野本さんとは別の人に売ったんでしょうか？」

「そういうことになるね。そういえば絹子さんは父親が皿を知り合いに売ったと言っていたそうだけど、彼女は知らないのかな」

「あ……今日、書道教室に行くので聞いてみます」

文治亡き今、白い皿についての手掛かりを探ることができるのは、絹子だけだ。

「目黒くん、紅茶を飲むかい？」

「あ……はい。いただきます」

烏島はデスクを離れ、部屋の隅にある、メタルリーフの照明が垂れ下がる小さな台所で紅茶の用意をはじめた。

「烏島さんは、どう思いますか？」

黒いシャツに包まれた広い背中に向かって、千里は問いかける。

「なにが？」

「紅い皿の呪いについてです。八木さんのところだけじゃなく、野本さんのところでも不幸が続いていたでしょう。本当に呪いってあるんでしょうか」

野本のところだけなら偶然だと片付けることができたが、譲った先でも不幸が続くなど、あり得るのだろうか。

「呪いのダイヤ、呪いの指輪、呪いの絵画。よくある話だろう？」

「はい」

「でも僕からすればそんなもの、モノへの八つ当たりに過ぎないよ」

烏島は茶葉を入れたポットに熱湯を注ぎ、そばにあった砂時計をさかさまにする。

「長い人生、悪いことが続くことなんてざらにある。人間は臆病だからね、その悪いことが続く要因が自分たちにあることを認めたくなくて、別のなにかに擦り付けたいわけさ」

「それが呪い？」

「そう、呪いや祟りの類だ。野本の場合は自分の生活がうまくいっていないときにちょうど知人の花邑が売れてきた。花邑に対する僻《ひが》みが彼の作った皿に向けられたんじゃないかな。『そういえばこの皿を買い取ってから碌なことがないな』って具合にね」

砂時計の青い砂が、さらさらと滑り落ちていく。そのあいだに烏島はティーカップを用意した。

「八木さんの場合も？」

「野本と八木の大女将は知り合いだった。大女将は野本の商売や家庭がうまくいっていないことは把握していた。そういう人間から買い取った皿を使うようになって、よくないことが間を置かずに起これば、原因は皿にあると考える」

なるほど、と千里は頷いた。

「ということは、皿は関係ないってことですね？」

「そうは言ってないよ」

砂時計の砂がすべて落ち切るのを見て、烏島はポットから茶を注ぐ。

「別の角度で皿を調べてみる必要がありそうだね」

「別の角度？」

「そう、呪いという非科学的なものを否定するために」

烏島が紅茶の入ったカップを差し出す。千里がそれを受け取ると、烏島は口元に浮かべていた笑みを消した。

「ところで、目黒くん。こうして雨がやんでも顔色が冴えないままだけれど、その理由をまだ僕に話す気にはならないのかな？」

千里はハッとして、烏島を見上げた。その硝子玉のような瞳には、千里の困惑した表情が映っている。

「目黒くん、きみは僕の『コレクション』だ。わかっているかい？」

「……わかっています」

叔父の新二が夜逃げして困っていた千里に、手を差し伸べてくれたのが烏島だった。千里は烏島に『能力』を買い取られ、ここにいる。

「僕はね、手に入れたモノは手放さないし大事にする質だ。メンテナンスも欠かさない。知っているだろう？」

千里は誤魔化すことを諦めた。

「……叔父らしき人が、私の部屋を訪ねてきたみたいで」

「ああ、夜逃げをした目黒新二さんだね。会ったのかい？」

千里の告白に、烏島は驚く様子を見せなかった。

「いいえ。私はタイミングが合わなかったので会っていません」

「そう。お金でも借りに来たのかな」

新二の行動を見透かしているような烏島の言葉に、千里は動揺した。

「……逆に返しに来たという可能性も……」

「律義にお金を返しに来るような人間なら、はじめから人のお金に手をつけたりしないと思うよ、僕は」

千里は黙り込んだ。昨夜、新二は汀に使えない名刺を渡して一万円を借りた。財布を落としたというのは、たぶん嘘だ。そんな人間が借りたお金を返すはずがない。

「銭金に親子は関係ないということを、きみはうちで働きはじめてから知ったはずだ」

「……はい」

嫌というほど知った現実だった。

「きみが叔父さんを信じたいという気持ちはわかる。けれどいい加減見切りをつけないと、自分だけじゃなくまわりまで巻き込むことになるよ」

＊＊＊

「字に迷いが出ているわね」

その声に、千里は身を強張らせた。筆から落ちた墨汁が半紙に染みを作る。千里が顔を上げると、目の前に絹子が立っていた。

「先生……」

「ずいぶん集中してたね。もうすぐ十時だよ」

「え？」

　時計を見ると、針は二十二時前を指していた。教室に残っている生徒もいつの間にか千里だけになっている。

「すみません、今すぐ片付けます……！」

「いいよ。そんなに急がないで」

　絹子は立ち上がろうとした千里の肩を優しく押し戻す。

「目黒さん、疲れてるんじゃない？　そういうときは無理して来なくてもいいんだよ」

「……いえ、今日はどうしても来たかったんです」

　新二が訪ねてくるかもしれないと思うと、ひとりで家にいるのが怖かった。お金を貸してくれと頼まれたとき、自分が毅然とした態度を取れるか自信がなかった。だから、逃げたのだ。

「そっか。じゃあ、ゆっくりしていって」

　絹子はそう言って笑うと、隣の席に座り、千里が書きためていた半紙を朱色の墨汁で添削しはじめた。千里は黙ってそれを眺める。さらさらと筆の滑る音が、心地よかった。

「……この教室の名前は、『紅絹の皿』からとったんですか？」

　千里がきくと、絹子が筆を止めた。

「そうだよ。私、お皿の名前、教えたっけ？」

「あ、いえ。仕事で花邑さんのお皿を調べていて知ったんです」

「そうなんだ。皿の名には名前が一字入っているの。私の皿は『紅絹の皿』、妹の妙子《たえこ》の皿は『白妙《しろたえ》の皿』とね」

妙子は新しい半紙に、朱色の墨汁でさらさらと皿の名前を書く。千里は今日、烏島から頼まれていたことを思い出した。

「絹子先生、お父様が祝い皿を知り合いに売ったと言ってましたけど、誰に売ったか覚えていますか？」

「ああ、確か父の同級生よ。呉服屋をやってた」

「呉服屋の野本さんが買ったのは、紅い皿だけだったそうです。白い皿については知らないと言っていて」

千里が言うと、絹子は驚いたようだった。

「そんなことまで調べたの？」

「はい、うちの店主が白い皿を探していて……すみません、姉妹の大事なお皿なのに」

千里が謝罪すると、絹子は首を横に振る。

「いやいや、気にしないで。私が知ってるのは野本さんだけかな」

「野本さんは絹子先生が皿を届けてくれたって言っていたんですけど」

「うん。私、父のかわりに、お客さんに作品を届けに行ってたのよ。もしかしたら私が気づかなかっただけで、野本さんとは別の知人に白い皿を届けたのかもしれないわ」

娘の絹子がわからないのであれば、手詰まりだ。

「絹子先生は野本さんのこと、小さいときから知ってるんですよね？」

「ええ、昔よくうちの家に飲みに来てたから」

絹子の返事は、野本から聞いた話と違っていた。

「飲みに来てた……？」

「そう。小学生の頃に私の母が亡くなって、気兼ねなくうちに来られるようになったからだろうね。父も寂しかったのか歓迎してた。お酒とかおつまみとか、よく運ばされたわ」

野本の話では、彼が母を亡くした絹子たちを心配し、花邑の家に通っていたような口ぶりだった。

「絹子先生は今も野本さんと付き合いはあるんですか？」

「ううん、かなり前に疎遠になった。野本さんの商売がうまくいかなくなった頃だったかな、奥さんと離婚したり娘さんが離婚したりと悪いことが続いたみたいで。反対に父のほうは作品が評価されはじめていたから面白くなかったんだろうね。ちょっと気位の高いところがあったから。父の葬儀にも来なかったし」

野本が文治の葬儀にも来なかったことに、千里は驚いた。いくら振り袖を仕立てるためとはいえ、娘の大事な皿を野本のような男に売り渡したのは失敗だったのではないだろうか。

「お父さんが野本さんに皿を売ることについては、絹子先生と妹さんには事前に相談があったんですか？」

「ううん、なかったわ。知ったときにはもう父が話をつけたあとだったし。どうして？」

「いえ……その、私も自分のものを親戚に勝手に使い込まれたというか、処分されたというか……そういうことがあったので」

歯切れ悪く千里が説明すると、絹子は顔をしかめる。

「それは辛かったわね」

「いえ。なくなったものについてはもう、仕方ないことだと諦めているんです。でも相手がお世話になったことがある人だから、複雑で……絹子先生はどうだったのかなって」

絹子は筆を置いた。

「父に対してまったくなにも思わなかったって言ったら嘘になるね。でも私も目黒さんと同じかな。仕方ないことだって心のどこかで諦めてた。父の言うことは絶対だったし、身勝手な言動によく振り回されていたから、怒る気力もなかったしね」

「でも絹子さんの父親は有名な陶芸家で……」

「陶芸家としては素晴らしかったのかもしれない。でも父親としてはそうでもなかったからね。期待して裏切られる、その繰り返しだよ」

期待して裏切られる——その言葉は、千里の心を大きくえぐった。

「何度も縁を切りたいって思った。でも縁を切るって口で言うほど簡単じゃない。絶縁したつもりでも、第三者から見れば父親であることは変わらないから。なにかあったら巻き込まれるのは私。一生、逃れられないのよね」

千里は亡くなった両親のことを思い出した。両親との確執は、亡くなった今も消えていない。過去は美化されることなく、彼らが亡くなった今もわだかまりとして千里にのしかかる。絹子の言うとおり一生逃れられないのだ——おそらく、新二からも。

「目黒さん？　どうかした？」

黙り込んだ千里に気づき、絹子が顔を覗き込んでくる。その優しいまなざしに、千里は我慢していたものがこみ上げてくるのを感じた。

「……私、叔父がいるんです」

気づくと、千里は胸に抱いていた不安を絹子に吐き出していた。

「私は真面目に働いて生きようとしてるのに、叔父はそうじゃないみたいで……迷惑をかけるのが私だけならまだしも、私のまわりの人にまで……」

叔父が先物取引で使い込んだらしい千里の貯金については、もう返ってこないものと諦めている。けれど新二が汀のような子どもを騙し、返すつもりのない金を借りたことに、千里は怒りを通り越し失望していた。

「もしかして、このあいだ会いに来た親戚って、その叔父さんのこと？」

千里は頷いた。

「叔父は私の唯一の肉親なんです。両親が亡くなって、お世話になったこともある。それなのに私は叔父を信じることができない。これからもっとひどいことを叔父がしでかすんじゃないかって、もし叔父が他人に迷惑をかけたら私は責任取れるのかなって……不安でたまらないんです」

「目黒さん」

絹子がいたわるように、千里の肩に手を置く。大きくて温かい手に涙腺が緩み、千里はこぼれそうになる涙を必死にこらえた。

「ごめんなさい。こんな話、絹子先生にして……でもほかの人にはなかなか言えなくて」

「気にしないで。身内の恥ってなかなか言えないものだよね。特に親しい人には」

わかるわ、と絹子が千里の背中を撫でる。

「自分が望んだわけじゃない、生まれながらに結ばれた縁って、まるで解けない呪いみたいだよね……」

絹子が呟いた言葉は、消えない染みのように、千里の心にいつまでも残った。

美しい失敗作

人間に興味を示さない烏島だが、交友関係は意外に広い。

烏島の知人は年齢、性別、職業もさまざまだけれども、共通しているのは各分野に突出した能力や情報を持っていることである。烏島は仕事がらみでよく情報交換を行っていた。出不精な店主のかわりに彼らの下に赴くのは、千里の仕事だった。

今日の千里のお使い先は、神除市の陶磁資料館である。存在は知っていたが、訪れたのはこれがはじめてだ。広い建物内では陶磁器に関する貴重な資料が展示されているほか、毎月テーマに沿った企画展などが開催されている。敷地内には窯もあり、陶芸体験もできるらしい。

「こちらが烏島さんに頼まれていたものですよ」

千里に茶封筒を差し出した年配の女性は、この資料館の館長である山科《やましな》だ。ショートカットのグレーヘアが目を惹く、知的な美しさを持つ女性だ。烏島が事前に連絡を入れてくれていたおかげで、千里は受付で名前を言うだけですぐにお目通りが叶った。

「お忙しい中、ありがとうございました」

封筒を受け取り、礼を言う。

「いえいえ、お役に立ててなにより。でも烏島さんが特定の作家に興味を示すなんて思いませんでした」

しみじみと言う山科に、千里は首を傾げた。

「……そんなに珍しいことなんですか？」

「ええ、それはもう。彼はモノにしか興味がないでしょう？　人につくのではなく、モノにつくんです」

確かに烏島はモノにしか興味を示さない。ネームバリューにも無頓着だ。それゆえに、烏島の店にブランド品などが持ち込まれることはほぼない。

「烏島さんは昔からそうなんですか？」

「私が彼と知り合ったのは五年ほど前だったかしら……展示している作品の贋作騒ぎで協力してもらったんだけど、そのときから変わりませんね。モノを見る目は確かですし、時勢や流行に対しても柔軟な観点をお持ちですけれど、まわりの評価に流されることはありませんでしたから」

資料館を出てから、千里は烏島について改めて考えた。

出会ったときから、烏島は他人の評価に流されたりはしない。それはモノに限ったことではなく、千里自身についても同様だ。新卒で入った会社をクビになり、借金を背負って夜逃げしている身内がいる自分を、価値があると認めて受け入れてくれた。烏島は千里の出自も親戚も関係なく、千里という人間しか見ていないのだ。

「ただいま帰りました」

千里が質屋に戻ると、烏島は『コレクション』が並ぶ棚の前で、立派な額縁を持って立っていた。

「烏島さん、なにをしてるんですか？」

「おかえり、目黒くん。質流れして今日から僕のコレクションに加わったから、どこに飾ろうか考えていたところだよ」

額の中におさめられているのは、子どもが描いた絵だった。父親と母親と、絵を描いた子どもが画用紙に描かれている。千里には見覚えがあった。タイトルは確か『なかよしかぞく』だったはずだ。神除市のコンクールで入賞したそれを質屋に持ち込んだのは、父親だった。何度も「必ず利息を払いに来ます」と言っていた若い父親の姿が千里の脳裏によみがえる。

「……利息、一度も払いに来なかったんですね」

「予想はついていたけどね」

烏島は上機嫌で、絵の映える場所を探している。烏島にとっては、名もなき子どもの絵のほうが、名だたる画家の作品よりも価値があるのだろう。

「烏島さん、資料館の山科さんからこれを預かってきました」

千里は鞄から取り出した封筒を烏島に差し出した。

「ああ、ご苦労だったね。デスクの上に置いておいてくれるかい？」

「花邑さん関連ですか？」

「うん、ちょっと気になったことがあってね」

そのとき、部屋のドアをコンコンコンコンコンと連打する音がした。

「ああ、彼かな。実にいいタイミングだ」

せっかちなノックに驚いている千里をよそに、烏島は嬉しそうな顔をする。ドアの外にいるのが誰かわかっているようだった。

「どうぞ、入って」

烏島が言うなりドアが開き、小柄な男性が部屋の中に入ってきた。黒縁の眼鏡をかけ、白衣の上から灰色のオーバーコートをはおり、背中に大きなリュックを背負っている。

「やあ。よく来てくれたね、守田《もりた》くん」

「うちは一般の検査依頼は受け付けられないって、何度言ったらわかるんですか？　だいたい毎回毎回急すぎるんですよッ！」

男はブツブツ言いながら、眼鏡越しに見える細い目で烏島を睨みつけた。怒っているようなのだが、ヘルメットのようにきれいに切りそろえられた髪と幼い顔立ちのせいで、いまいち迫力に欠ける。

「ごめんごめん。今度はもっと余裕を持って依頼するよ」

「だから依頼してくるなって言ってるんですッ！　だいたい謝って済むなら警察はいらないんですよ、烏島クン！」

「うん、だから守田くんにはこれを」

烏島はデスクの引き出しの鍵を開け、そこからアニメのキャラクターのようなものが描かれた、キラキラ光るカードを取り出した。

「そ、それは発売後人気のなさにすぐに廃番になったものの、数年後そのカードゲーム自体が人気爆発、それによって幻とまで言われるようになったコレクター垂涎《すいぜん》ものの超レアモンスターカードッ……！」

守田は眼鏡の奥に見える細い目を見開き、烏島の手にあるカードを凝視している。心なしか息遣いも荒い。

「先日偶然手に入れましてて。よかったら相場よりお安くお譲りできますよ」

「しっ……仕方ないですね！　今回だけは許してあげます」

守田の声は上ずっている。興奮を隠しきれない様子だ。烏島はにっこり笑い、カードを引き出しに仕舞った。

「では守田くん。そちらのソファへどうぞ」

「カ、カードは？」

「僕が依頼した用件が終わったら、ゆっくり取引の話をしましょう」

烏島と千里は守田と向かい合うようにして、来客用のソファに並んで座る。

「守田くん、紅茶でも飲みますか？」

「結構です。ボク、エナジードリンクしか受けつけないので」

烏島のデスクをちらちらと見ながら、守田は言った。かなりそわそわしている。先ほどのカードが気になって仕方ないのだろう。

「目黒くん、彼は守田くんだ。食品などの安全を検査してる研究所の方だよ。守田くん、彼女はうちの従業員の目黒です。一緒に話を聞かせてもらいますので」

千里は「よろしくお願いします」と守田に向かって頭を下げた。

「わかりました。でもくれぐれもボクのことは内密にお願いしますね。烏島クンの依頼は例外中の例外なんで……」

守田は抱えていたリュックから紙袋を取り出し、テーブルに置いた。中に入っていたのは紅い皿だ。

「目黒くん、守田くんにはこの皿に使われている釉薬について調べてもらったんだ」

千里は隣に座っている烏島を見た。

「もしかして別の角度から調べるって言っていたのは……」

「そう、野本と八木に襲いかかった呪いに、科学的な裏付けが欲しくてね」

昨日の今日だ、本当に超特急で調べてもらったのだろう。千里は心の中で守田をねぎらった。

「烏島クンから預かった皿ですけど、酢酸水溶液に浸し溶出した釉薬の成分を確認したところ、鉛が多量に検出されました」

守田はタブレット端末にグラフを表示させると、一番長く伸びているグラフの数値を指さした。

「この皿を見ればわかりますけど、鉛を含む釉薬や顔料は非常に発色がいいんですよね。昔はよく使われていましたが、現在の食品衛生法では食器として使うものの場合、使用を禁止されています。伝統工芸品も例外ではありません。無鉛の顔料を使用したり、食品が触れる部分には鉛を含んだ釉を使わないようにしたり」

「どうしてですか？」

「鉛は猛毒なんですよ。食品なんかにも微量に含まれていますが、その程度なら摂取してもなんの問題もありません。でもこの皿から溶出しているのはその比じゃない。健康被害が出るレベルです」

健康被害という言葉に、千里はハッとした。

「守田くん、この皿の使用者には食中毒の症状や言語障害のある子どもがいるようなんだ」

「急性の鉛中毒なら嘔吐や腹痛の症状が出る場合があります。そういう場合、医師から保健所に連絡がいけば、原因を調査するはずですけど」

「食中毒の患者が出た店に営業停止命令が出たことは今までないから、おそらく医師のところで情報が止められたんだろうね」

烏島が言うと、守田は「クソですねぇ」と軽蔑したような顔をした。

「あと鉛毒は子どもの身体には特に大きな影響を与えます。鉛は蓄積性の毒ですから。母親に影響がなくても、その胎児には神経や脳の障害などが出る場合があるようです」

八木の食中毒、野本の孫の障害、そして千里が視た人の苦しむ表情――皿によってもたらされた『呪い』は釉薬が原因だったのだろうか。

「今は禁止されているってことは、昔は使われていたということだよね」

「はい。ただ釉薬は高温で焼成されるとしっかり固まるので、もし釉に有害物質が含まれていても溶出はある程度防げます。でもこの皿から検出された鉛の数値を見る限り、釉が定着していない可能性がありますね」

「定着していない？」

守田は眼鏡を押し上げながら、頷いた。

「そうです。考えられる理由としては、低温で焼いた可能性ですね。釉薬がしっかり固まっていない状態だから成分が溶出しやすくなっている」

「それは焼きを失敗したってこと？」

「窯の温度の調節は難しいとは聞きますね。焼成温度や釉薬調合の知識不足からの失敗かもしれません。コスト削減のためという理由も考えられます。低い温度で焼くと安く済みますから。あとは完成しているものに新たに釉薬を重ねる場合なんかは、素地に塗るようには浸透しないんで、うまくやらないと剝がれやすくなりますね」

烏島が首を傾げた。

「完成しているものをもう一度焼くのかい？」

「焼き直しは珍しいことじゃないんですよ。陶器は時間の経過とともに釉薬に不純物が混ざったりして色褪せることがあるので、もう一度焼くことによって釉薬を溶かして、表面の汚れや濁りをとったりするんです。釉薬には接着剤の役割もありますから、欠けた部分をくっつけたり、釉薬の剝げた部分を直したり。一から作るより低コストで済むし時間もかかりません」

烏島が「なるほど」と言い、紅い皿を手に取った。

「でもこの皿、有害成分が流出したという割には、釉が剝げているようには見えないね」

「うまく釉薬を重ねているんだと思いますよ。皿に載せた食品に目に見えて色がついたりはしない、絶妙な焼き加減です。だから異変に気づかなかったんじゃないですか」

「焼きは失敗しているのに、施釉《せゆう》は巧《うま》い？」

守田は頷いた。

「ボクが思うに、この皿は美しい失敗作だと思いますね」

＊　＊　＊

守田は烏島からゲームの超レアカードを譲ってもらい、上機嫌で帰っていった。

烏島はデスクで、千里が資料館の山科から預かってきた封筒を開けていた。中に入っていたのは、写真のコピーが貼り付けられた書類だ。

「それはなんの写真ですか？」

千里が尋ねると、烏島が顔を上げた。

「花邑文治の作品の写真だよ」

「花邑さんの？」

「うん。花邑文治の売れる前の作品について知りたかったんだけど、情報がなくてね。山科さんに知らないか聞いてみたんだ。ああ、これが彼が売れる前の作品だ」

渡された写真には、黒っぽい湯呑や皿、小鉢などが写っていた。紅い皿のような華やかさからはかけ離れた地味な色だ。

「そしてこっちが、売れてからの作品だ」

器の形は、売れてからのものも売れる前のものも同じだった。しかし売れてからの作品のほうが、目を惹く。器にかけられた釉の色、黄色、緑、青、赤——透明感のある鮮やかな色合いは、華美ながら上品だ。

「だいぶ雰囲気が違いますね……」

「そうなんだ。文治は日常的に使ってもらえる作品作りを心がけていた。だから形はいたってシンプルだ。それは売れてからも変わっていないんだけれど、釉の色づかいがまったく違う」

烏島はそう言って、デスクに置いてあった紅い皿を手に取った。

「絹子さんは芳賀と同級生だから、年齢は四十八。花邑が娘のための祝い皿を作ったのは今から四十八年前、花邑が三十歳のときだ。彼が評価されたのは五十歳を過ぎてからだから、祝い皿を作ったのは売れていない頃ということになる。それなのに、この紅い皿の釉薬の色づかいはどう見ても売れてからのものだ」

「でも絹子先生はこの皿を見て、父親の作ったものだと言いました。もともとこういう色のお皿だったんじゃないでしょうか」

「彼女がこの皿の存在を知ったのはいつだったか知ってるかい？」

そういえば、聞いていない。

「いえ、聞いてません……」

「父親が皿を売ると決めたときに、存在を知った可能性もあるわけだ。野本が皿を買ったのは娘が成人する前だから、花邑は五十手前。ちょうど名が売れはじめる頃だね」

千里はハッとした。

「……花邑さんは野本さんに売るために作り直した？」

「売れる前と後でここまで作風が違うと、その可能性があるんじゃないかなと思ってね」

「釉薬が定着していなかったのは……」

「新しいことに挑戦するときには失敗がつきものだ」

鳥島は手の中にある紅い皿に視線を落とす。

「美しい失敗作――本当にそのとおりだね」

「その失敗が呪いの原因になったということですよね」

「生きていれば悪いことが続くこともある。人間の勝手な思い込みで、この美しい皿は人間の側に要因があるとしか思えない商売の失敗や離婚の責任を負わされることになったわけだ。本当に迷惑な話だよ」

そう語る鳥島の表情は冷たい。

「……でも実際に被害も出ています。八木さんの食中毒や野本さんのお孫さんの障害は、もしかしたらお皿のせいかもしれないんですよね」

「そうだね」

鳥島は興味がなさそうだ。

「そうだねって、それだけですか？」

「そうだよ。顔も名前も知らない相手に『可哀想だね』と言えとでも？」

「そういうわけじゃありませんけど……」

「きみだって野本には同情してないだろう」

千里は動揺し、言葉に詰まる。烏島はそんな千里を見て目を細めた。

「目黒くん、きみの本音を隠しきれないところ、僕はとても好感が持てるよ」

「……それって嫌みですか？」

野本に対して嫌悪感を持っていることを、烏島に見抜かれているとは思わなかった。いたたまれないような、ばつの悪い気持ちになる。

「まさか。人間なんだから好き嫌いがあるのは当然だ。嫌いな相手に対しどんな残酷な感情を抱いたとしても、自分を責める必要はない。口に出さず行動に移さなければ罪にはならないんだからね」

烏島は微笑む。

「烏島さんもそういう感情を抱く相手がいるんですか？」

「残念ながら、モノより強く僕の心を揺さぶる人間はなかなかいないね」

千里は烏島の『コレクション』が並べられた棚を横目で見る。確かに烏島が感情を露わにするのは、自分の好むモノが関わったときだけだ。

「さて、紅い皿の呪いは解けたけれど、問題は白い皿のほうだ。絹子さんは父親が誰に売ったか知っていた？」

話を変えるように、烏島が言った。

「絹子先生は野本さんしか知らないと……野本さんに紅い皿を届けたのも、絹子先生なんです」

「そうなのかい？」

「はい。でも絹子先生、父親のかわりに野本さん以外のお客さんにも作品を届けていたらしくて。もしかしたら父親が別の人に白い皿を売った可能性もあるかもしれないって……」

烏島は指先でとんとんとデスクを叩く。

「そうなると探す範囲が広すぎるね。白い皿についてわかっているのはそれだけ？」

「あ、白い皿の名はわかりましたよ。『白妙の皿』と言うそうです。絹子先生が教えてくれました。それぞれ姉妹の名前の一字をとって名付けられているそうです」

「ふうん、美しい名だね。ますます手に入れたくなったな」

確かに美しい名だが、花邑の売れていないときの作品だ。現物がその名のとおり美しいとは限らない。

「現物がどんなものかわからないのに、烏島さんはそんなに手に入れたいんですか？」

「現物がどんなものかは問題じゃない。花邑文治が双子の誕生を祝うために作り、そして金のために手放した皿だ。一方は呪いの皿と呼ばれた。もう一方はどうなったのか、その行く末を知りたい」

つまり烏島は、白い皿自体ではなく、白い皿にまつわる人間の行く末を知りたいということなのだろう。この様子では手に入れるまで諦めそうにない。

千里はため息をつき、花邑の作品の写真を見る。形は同じだが雰囲気の違うふたつの湯呑は、同じ人間が作ったようには見えない。

「……なんだか人が変わったみたいですね」

千里は呟いた。

「人？」

烏島が首を傾げる。

「あ、はい。烏島さんはお金で人は変わるって、よく言うじゃないですか。花邑さんの作品もなんだか別人みたいな変化をしているから……なにかあったのかなと思って」

花邑が売れはじめたのは五十を過ぎてからだ。年を取ると変化することに臆病になるとよく聞く。それまで自分が信じてきた作風を捨て、方向性を変えた。いったいどんな心境の変化があったのだろうか。

「……そうだね、きっとなにかがあったんだ」

烏島は小さく独り言ちると、パソコンを立ち上げた。開いたのは、花邑文治の弟子である芳賀のホームページだ。彼の経歴のページを確認し、今度は師匠である花邑文治の経歴を調べる。烏島がなにを探しているのはわからないが、千里はこういうときに自分がどうすればいいかはわかる。ただ、黙って待つのだ。

しばらく思案顔で物思いにふけっていた烏島が、ようやく千里を見た。

「目黒くん、芳賀のギャラリーに行こう」

月と朱盆《しゅぼん》

翌日、千里は烏島と一緒に芳賀のギャラリーへ向かった。

「烏島さん、私このあいだ芳賀さんに追い返されたんですけど……」

千里は隣を歩く烏島に、おそるおそる言った。

「ああ、大丈夫だよ。山科さんから連絡を入れてもらっているから」

山科は、陶磁資料館の館長だ。

「山科さんは芳賀さんに対して影響力のある方なんですか？」

「芳賀だけではなく、陶芸に関わる人間すべてにだね。資料館の館長だけではなく、工芸大学の名誉教授の肩書も持っている。国内外の有名な陶芸展の審査員長を何度も務めている重鎮だ」

芳賀のギャラリーの受付にいたのは、先日訪れたときとは違う女性だった。

烏島が名前を言うと、すぐに奥の応接室に通される。ふかふかのソファに烏島と並んで座ると、受付の女性が茶を運んできた。

彼女が出て行ってから、千里は部屋を見回した。

応接室の壁には、芳賀の写真がパネルに加工されて飾られていた。真剣な表情でろくろを回す姿や、タキシードを着て授賞式らしきものに出席している姿、有名人と握手している姿——陶芸家のギャラリーとは作品を飾っているものだと思っていたが、ここのオーナーが芳賀であることを思い出し、千里はひとり納得する。

「どうもお待たせしました、芳賀です」

しばらくして、芳賀が応接室に入ってきた。今日はスーツではなく着流し姿だ。

「質屋の店主をしております、鳥島です。芳賀先生、今日はお時間を作っていただきありがとうございました」

「いえいえ、お気になさらず」

にこやかに挨拶する鳥島に、芳賀が笑顔で応える。先日とは打って変わって愛想がいい。ふたりのやりとりを黙って見つめていると、芳賀が鳥島の隣にいる千里に気づき、怪訝な顔をした。

「きみは先日の……？」

「芳賀先生、彼女は山科さんの教え子なんですよ。今は僕のアシスタントとして働いてくれているんです」

鳥島が嘘を交えた説明をする。すると芳賀は千里に対し、急にかしこまった態度をとった。

「そうだったんですか。受付の子が私にきみの用件をしっかり伝えてくれなかったせいだとはいえ、話が聞けず申し訳ないことをしたね」

受付の女性に責任をなすりつけるような謝罪に千里が静かに嫌悪感を募らせていると、烏島が千里の肩を抱いた。

「気にしていませんよ。ね？」

烏島の視線に圧され、千里は強張った笑みを貼り付けて頷く。演技するのはとても難しい。ボロを出さない一番の方法は、口を閉ざしていることだ。

「それはよかった。さっそくですが烏島さん、私の師匠の作品を探していると山科さんからうかがったんですけれども」

ソファに腰をおろした芳賀は、烏島に水を向けた。

「ええ。花邑文治の作った祝い皿を探しているんです」

「祝い皿？」

烏島はそこで風呂敷包みをテーブルに載せた。中に包まれていたのは『紅絹の皿』の共箱だ。黒焦げになったそれに、芳賀は驚いているようだった。

「どうしたんですか、この箱は」

「花邑先生が皿を売った先でボヤ騒ぎが起こったそうなんですよ。皿のほうは無事です」

蓋を開け、中におさめられている紅い皿を芳賀に見せる。

「花邑さんは双子の娘のために紅白の皿を作った。その紅い皿がこちらです。僕が探しているのは、これと色違いの白い皿なんですよ。弟子である芳賀先生なら、ご存じじゃないかと思いまして」

「写真や資料はありますか？」

「残念ながらないんです。調べたところ、この祝い皿の存在を知っているのはどうやら花邑さんとその家族だけのようでして。現物がどんなものかはわからないんです」

烏島の説明を聞きながら、芳賀はじっと紅い皿を見つめていた。

「その皿、よく見せていただいても？」

「もちろん、どうぞ」

芳賀は皿を手に取り、時間をかけて紅い皿の細部まで確認すると、烏島を見た。

「もし白い皿が見つかった場合、どうするおつもりなんです？」

「譲っていただきたい。山科さんからお聞き及びだと思いますが、僕は花邑先生の作品を収集しておりまして。双子の誕生を祝うために生み出された特別な皿ですから、どうしても手に入れたいんです」

芳賀は難しい表情をした。

「師匠の作品は私の作品ほどではありませんが、今も人気が高いんですよねえ。特別な皿となりますと、もし見つかったとしてもかなり高額になると思いますが……」

「もちろんそれは承知の上です。白い皿については芳賀さんの言い値で買い取らせていただこうと思っています」

「言い値で？」

芳賀の疑うような発言に、烏島は口元に浮かべていた笑みを消した。

「山科さんのご紹介では信頼に足らないということでしょうか？」

「いえ、とんでもない！　念のために確認させていただいただけですよ」

少し焦ったように首を横に振る芳賀に、烏島は表情を笑顔に切り替える。

「そうですか、それはよかった。ところで白い皿が見つかる可能性はありそうですか？」

「師匠の家の蔵にはまだ古い作品が残っているので、もしかしたらそこにあるかもしれません。こちらの皿、しばらく預からせていただいてもよろしいですか？　なにせ似たような皿が多いので、探してもらうときに比較対象があるほうがありがたいのですが」

「ええ、それはかまいません。そういえば、芳賀先生の工房は花邑さんの家にあるんでしたね」

烏島の質問に、芳賀は頷いた。

「ええ、窯も工房もすべて師匠のものを引き継がせてもらっております」

「今はメディア出演などでお忙しいようですから、制作の時間がなかなかとれないのでは？　芳賀先生の作品はすぐに売約済みになるので手に入らないとコレクターが嘆いているのをよく聞きますよ」

芳賀はまんざらでもない顔をした。

「なんとか時間のやりくりをしていますよ。そうだ。来年、特別な方だけを招いて個展を開く予定なんです。ぜひ烏島さんもいらっしゃってください。招待状をお送りしますから」

「それは楽しみだ」

話は終わり、烏島と千里は芳賀に続いて応接室を出た。

「おや、この写真は？」

出口に向かう途中で、烏島が足を止めた。応接室に入るときには気づかなかったが、廊下の壁の一角に、額におさめられた写真が飾ってあった。

「ああ、私の成人式の写真ですよ」

芳賀が説明した。写真館で撮ったのだろうと思われる写真には、椅子に座っている着物姿の女性を取り囲むようにして、若い芳賀と絹子、そして杖をついた文治が立っていた。

「芳賀先生が花邑さんのところに弟子入りされたのは、高校生のときだったんですよね」

「ええ、そうです。師匠の家に居候させてもらいながら勉強しました。よくご存じですね」

「もちろん。僕は芳賀先生のファンでもあるので」

心にもないお世辞を言いながら、烏島は写真をじっと見つめている。

「この杖をついている方が花邑さんですね。写真に写っている女性ふたりは？」

「師匠の双子の娘です。同級生なんですよ。こっちの大柄なほうが姉で、こっちの小柄な美人が妹です。妹のほうは身体が弱かったので、この写真を撮ってしばらくしてから亡くなりましたがね」

妹は黒髪を高く結いあげ、美しい赤の振り袖を着て椅子に座り、嫋《たお》やかに微笑んでいた。その横に立っている絹子は紺色のシンプルなワンピースを着ている。

「あの、どうして妹さんだけが振り袖なんですか？」

千里は今日は口を閉ざしているつもりだったが、我慢できず質問してしまった。成人の記念の写真なのに、絹子だけワンピースを着ていることがどうしても気になったのだ。

「ああ、これは師匠がひとりぶんしか振り袖を仕立てる金を用意できなかったからだよ」

「え……？」

芳賀の言葉に、千里は驚いた。花邑は野本に皿を売り、娘たちの振り袖を仕立てるための金を作ったのではなかったのか？

「あの頃、師匠は名を知られる前で金がなかったんだよ。姉のほうは図体が大きいんで、普通の反物じゃ幅が足りないって呉服屋に言われたそうだ。どうせなら似合うほうに仕立ててやったほうが着物も喜ぶって師匠が言ってね。姉のほうも納得してたし」

半笑いで喋る芳賀と、無神経な発言をした野本と、それを認めた文治に、千里は怒りを覚え、吐き気を催しそうになった。だが、それをぐっとこらえる。まだ芳賀とは仕事上で取引がある。烏島の立場を悪くするわけにはいかない。

「まあ姉のほうは着なくて正解だったね。同じ振り袖なんか着てたら比べられるに決まってる。若い子のあいだでよく言う『公開処刑』ってやつだ」

芳賀はそう言って、無邪気に笑った。

＊　＊　＊

「白い皿を探してもらうなら、絹子先生に頼めばよかったんじゃないんですか？」

タクシーで質屋に戻るなり、千里は烏島に言った。コートを脱いでいた烏島は、肩越しにちらりと千里を振り返る。

「絹子さんは皿のことは知らないと言ったんだろう？」

「そうですけど、芳賀さんは絹子先生の実家の蔵を探すわけでしょう？」

「絹子さんはもう家を出ているんだろう？　それに彼女では皿を見つけられないよ」

コートをハンガーにかけた烏島は、メタルリーフの照明がかかった下で、紅茶を淹れる準備をはじめた。

「見つけられないって、絹子先生が陶芸に詳しくないからですか？」

「いや、それは関係ない」

「じゃあどういう意味ですか」

千里は烏島の横に立ち、その顔を覗き込む。

「目黒くん、僕は熱湯を扱ってるんだからそんなに近づいたら危ないよ。それに、いい加減コートを脱いだらどうだい？」

「烏島さんが答えてくれたら脱ぎます」

「きみは芳賀のことが気に入らないんだね」

図星を指された千里は、一瞬、言葉に詰まった。

「……そうです」

「おや、認めるんだ？」

「絹子先生のこと、馬鹿にするような発言をして……失礼すぎます。お世話になった師匠の娘さんなのに」

絹子は早くに母親を亡くしている。妹も身体が弱かったという。そんな家に芳賀は弟子として居候した。家事などはおそらく絹子が担っていたはずだ。師匠だけでなく、絹子にも世話になったに違いない。

「彼に悪いことを言っている認識はないんだろう。あの感じだと、昔からそういう発言を繰り返していたんじゃないかな。父親もそうだったようだし」

烏島は紅茶の茶葉をポットに入れる。

「絹子先生の父親も父親です。私はてっきり、娘ふたりのために祝い皿を売って振り袖を仕立てたのかと……実際に仕立てたのは妹さんにだけだったなんて……」

「別に珍しいことじゃないさ」

千里は目を見開いた。

「前にも言っただろう？　親も人間なんだ。好き嫌いはある。自分の感情に応じて子どもに差をつけることだってあるだろうさ」

「でも、残酷すぎます」

同じ親から一緒に生まれてきた双子。片方には美しい着物が与えられ、もう片方には与えられなかった。絹子は納得していたという話だが、本当だろうか？　隣で妹が美しい着物に袖を通している姿を見て、なにも思わなかったのだろうか？

「子どもの親になって心構えが変わる、というのはあり得る。でも親になったからといって、人格者になれるとは限らない。それはきみもよく知ってるはずだよ」

千里の脳裏によみがえったのは、自分の両親の存在だった。一緒の家に住んでいたのに、他人よりも遠く感じたふたりの存在。千里の持つ能力を疎み、「あなたは私の子どもじゃない」と、そう言い放たれた。

「血が繋がっているから気を遣う必要はない、大事にしなくてもいい、なにをしても許されると思っている。残酷なことができるのは、意外に肉親だからかもしれないね」

父親としては素晴らしくはなかった――そう言っていた絹子の横顔を思い出し、千里は息苦しい気持ちになった。

＊　＊　＊

千里の携帯に電話がかかってきたのは、その夜だった。

ちょうど風呂から上がったばかりだった千里は、タオルで髪を拭う手を止めた。千里の携帯番号は、以前のものと変わっている。新二から電話がかかってくることはないはずだ。そう言い聞かせ、発信者を確かめる。

画面に表示されていたのは汀の名前だった。

新二の件があってから、汀とは顔を合わせていなかった。お金は返したが汀に対して気後れする気持ちが、いつまで経ってもまとわりついていた。

「もしもし」

「もしもし、千里さん？　今いいかしら」

千里は部屋の壁にかかっている時計を見る。時間は夜の九時を過ぎていた。

「汀さん、今からうちに来るんですか？　もう遅いからやめておいたほうがいいですよ」

千里が言うと、電話の向こうから汀の不貞腐れたような声が聞こえてきた。

「今日は行くつもりはないわよ。私がいつも暇だと思わないで。期末試験もあるし家の用事もあるし忙しいのよ」

「汀さんが私より忙しいのは知ってます」

高校生だが、汀はとても忙しい。勉強のほかに習い事、そして家の用事も。七杜家当主の娘として、そのどれにも手を抜けない立場だ。相当なプレッシャーがあるはずなのに、本当によくやっていると千里は感心する。

「千里さん、クリスマスはどうするの？」

「クリスマスって二十五日ですか？　仕事ですよ」

「……烏島さんも？」

少し緊張したような声で、汀が訊いてきた。汀と烏島は以前、烏島の『コレクション』が盗まれた件で顔を合わせている。それ以来、汀は烏島に好意を持っているようだった。

「はい、そうですね。烏島さんの店は年中無休なので」

「そうなの……」

汀の声には、ほっとしたような響きがあった。汀が烏島のことを気にかけるたび、千里の心はざわめく。しかし千里はそういう心境になる原因を突き止めないようにしていた。

「じゃあ千里さん、二十四日はあいてる？」

「二十四日？　あ、その日は仕事終わりに宗介さんと会う約束をしてます」

八木に話をつけてもらったお礼だ。仕事終わりに駅で待ち合わせをしている。

「えっ、お兄さまと？　二十四日？」

「あ、はい。汀さんもよかったら一緒に来ますか？」

宗介と汀はよく千里の家に来て、一緒に食事をしている。少し遅い時間だが、宗介がいれば大丈夫だろう。

「なに言ってるのよ。行くわけないでしょう」

「え？　どうしてですか？　あ、予定があるとか？」

「あのねえ、千里さん。私、兄のデートに割り込むほど空気読めない女じゃないわ」

呆れたように言う汀に、千里は目を見開いた。

「デ、デート？　なに言ってるんですか、汀さん」

「千里さんこそなに言ってるの？　クリスマスイブに会うんでしょ？　デート以外になにがあるっていうのよ」

千里の脳裏に浮かんだのは、耳を赤く染めた宗介の横顔だった。

私の鳥籠

その日、千里は一日中落ち着かなかった。

それもこれも、汀に電話で言われたことが原因だ。宗介と約束している二十四日がクリスマスイブであることを、千里はまったく意識していなかった。

『お兄さま、今月はいつもよりすごく忙しいのよ。お父さまのかわりにいろんな場所に顔を出さなきゃいけないんだから。なのに、あなたと会うのよ。それも日曜の夜。無理やり予定をあけたのね』

電話で汀は千里にそう言った。

宗介が、当主である父親のかわりにさまざまな会合などに代理で顔を出していることは知っていた。彼は普通の高校生とは違うのだ。忙しいのも想像がつく。だが千里と会うために時間をとった。汀はデートだと断言していたが、千里は未だに信じることができない。

千里がそわそわしながらティーカップを洗っていると、二階のドアが開いた。

「目黒くん、まだいたの？」

烏島が一階の店舗から戻ってきた。手には赤い箱を持っている。年末で物入りなのか、ここ最近は一階の客が増えているので烏島は上機嫌だ。

「もう終業時間を過ぎてるよ。早く帰りなさい」

「はい。これを洗ったら帰ります」

待ち合わせの八時までにはまだ一時間ある。高校生の宗介にとっては少し遅い時間だが、彼のほうも予定が入っているらしい。

「そういえば目黒くん、きみ、最近書道教室には通っているのかい？」

「いえ、今週は行ってません。絹子先生が体調を崩してお休みしていたので」

そのためコース受講者以外の、フリータイムと呼ばれている自由参加の講座は休みになった。以前は代理の先生を呼んでいたらしいが、そのときはほとんど生徒が参加せず、とりやめになったらしい。書道を習うためというより、絹子に会うためという生徒が多いせいだろう。千里もその中のひとりである。

「あの、それがどうかしましたか？」

「いや、ちょっと気になってね。目黒くん、これ持って帰ってくれないか」

烏島が千里に、持っていた赤い箱を差し出した。タオルで手を拭ってから箱を開けると、直径十センチくらいの小ぶりのホールケーキが入っている。チョコレートでコーティングされた表面には、サンタクロースとメリークリスマスの文字が入ったプレートが飾られていた。

「どうしたんですか、これ」

「予約していたのを村野《むらの》さんが届けに来てくれたんだ。冷凍保存できるらしいから日持ちすると思うよ」

村野とは商店街にある『パティスリー・ムラノ』の店主だ。そういえばクリスマスケーキの予約を受け付けるポスターが店頭に貼られていた。

「烏島さんは食べないんですか？」

「うん」

そう言えば烏島がなにかを食べているところを見たことがないな、と千里は思った。紅茶を飲んでいるところはよく見るが、それだけだ。

「食べないのに予約するなんてもったいない……」

「頼まれたから付き合いでね。きみが食べてくれれば問題ない」

甘いものは嫌いではないので、正直嬉しい。冷凍できるなら汀が来たときに一緒に食べることができる。だが今日は宗介と会う予定がある。どこでなにをするつもりかはわからないが、ケーキを持ったまま移動するのは少し億劫《おっくう》だ。

「烏島さん、これ持って帰るの明日にしてもいいですか？」

「いいけど、どうしたの？」

「今日は寄る場所があって」

宗介と会うとは、烏島には言えなかった。烏島はそんな千里を見て、目を細める。

「ふうん、クリスマスイブに？」

「は、はい」

烏島はにこりと微笑み、千里の耳元に顔を寄せる。シャツからかすかに香るのは、茶葉の匂いだ。

「きみが誰のものなのか忘れちゃだめだよ、目黒くん」

低い声で囁かれたその言葉は、千里の胸をじわりと焦がした。

＊＊＊

宗介との待ち合わせは、駅前で八時。

クリスマスイブの日曜日とあって、駅はいつも以上に賑わっている。華やかな格好をした女性も多い。千里は仕事帰りなので黒のパンツスーツとコート、化粧はしているがそれも最低限、髪はひとつにまとめているだけだ。なんとなくアウェー感を覚えつつ、千里は腕時計で時間を確認する。

今は九時を回っている。宗介はまだ現れない。

待ち合わせの時間から三十分ほど経って宗介に電話をしてみたが、すぐに留守番電話に切り替わった。その後、千里の携帯に宗介から着信が入っていた。しかし、トイレに入っていて気づかなかった。折り返し電話をかけたが、また留守番電話に切り替わる。どうにもタイミングが悪い。

とりあえず宗介が自分に連絡をとろうとしてくれているのはわかったので、十時までは待つことにした。十八歳未満の青少年の深夜の外出は条例違反になる。メッセージを宗介の携帯に送り、駅ビルの中のロータリーが見える場所に移動した。そこも待ち合わせらしき人でいっぱいだったが、その顔ぶれは千里以外、どんどん変わっていく。

「あらぁ、千里ちゃんじゃない！」

千里が声のした方向に目をやると、下りのエスカレーターに乗っている長身の人物がこちらに向かってぶんぶんと手を振っていた。鳩子だ。大きな声と派手な容姿で、名前を呼ばれた千里だけではなく、まわりにいる人々の注目まで集めている。

「鳩子さん、こんばんは」

「こんばんはー。千里ちゃん、仕事帰り？」

大きな紙袋を抱えた鳩子が駆け寄ってくる。黒のロングコートとつま先が凶器のようにとがったブーツ。カールした長い髪には、キラキラしたラメが輝いていた。

「はい。鳩子さんはお買い物ですか？」

「そ。お客さんに配るクリスマスプレゼントの数が足りなくなっちゃったから店を抜けて買い物に来たのよ」

鳩子がロングコートの前をめくると、裾に白いファーがあしらわれた真っ赤なミニスカートと、黒のロングブーツに包まれた長い脚が現れた。

「ミニスカサンタ……？」

目をまるくする千里に、鳩子はフフンと笑いながらめくっていたコートをもとに戻した。

「今日と明日はあたしだけじゃなく店のみんながサンタのコスプレしてるのよー。千里ちゃん、よかったら見に来ない？」

「ええと、せっかくのお誘いですが、今日はこれから約束があるので……」

サンタのコスプレは少し気になるが、ゲイバーはいささか敷居が高すぎる。千里が断ると、鳩子の目がギラリと光った。

「約束？　まさかデートじゃないでしょうね？」

「ち、違いますよ！　友達と会うだけです！」

千里は焦って否定する。鳩子は赤いネイルに彩られた指を顎に当て、千里の頭のてっぺんからつま先までをチェックするように眺めた。

「そうね。いくら千里ちゃんでも、さすがにその『いかにも仕事帰りで疲れてます！』って感じのヨレヨレの格好でデートはしないわよねぇ」

「ヨ、ヨレヨレ？」

「ヨレヨレよ。いくら会うのが友達だとしても、リップくらい塗り直しなさい。素材は悪くないのにホントもったいない……」

ブツブツ言っていた鳩子が、ふと思い出したように持っていた紙袋に手を突っ込んだ。中から取り出したのは、お菓子がつまったサンタクロースの赤いブーツだ。

「千里ちゃん、これあげる」

「え？　でもそれ、お店のお客さんにあげるものじゃ」

「いいのいいの、たくさんあるから。甘いものは疲労回復に効くしね。クリスマスイブも仕事をがんばった良い子には、超美人なミニスカサンタからプレゼントをもらう資格があるのよ」

鳰子は千里の手に赤いブーツを押しつけ、ウィンクする。

「鳰子さん、良い子って、私もうとっくに成人してるんですけど……」

「あたしからしたら、てんで子どもよ。ごちゃごちゃ言わず受け取りなさい」

「……ありがとうございます」

複雑な気持ちになりながらも千里は礼を言い、小さなブーツを受け取った。

クリスマスプレゼントをもらうなど、いったいいつぶりだろう。幼い頃、枕元に用意されたクリスマスプレゼントに触れ、サンタクロースの正体を視た。それを両親に話した次の年から、サンタクロースは千里のもとに来なくなってしまった。のちのち母親は言っていた——『良い子』のところにしか、サンタクロースは来ないと。妙な力を使う千里は、両親にとってきっと『悪い子』だったのだろう。

「千里ちゃん、廉ちゃんはまだ仕事なの？」

物思いにふけっていた千里は、鳰子の質問に我にかえった。

「はい。今日は日付が変わる頃まで店を開けているそうです」

クリスマスイブとクリスマスは、烏島の『コレクション』に加わりそうな面白いものを持ち込んでくる客が多いらしい。ある意味、それが烏島にとってのクリスマスプレゼントになるのかもしれない。

「相変わらずねえ。毎年うちの店に誘ってるんだけど、廉ちゃんてクリスマスにまったく興味ないから」

「あ、でも烏島さん、クリスマスケーキ買ってましたよ」

千里が言うと、鳩子はつけまつげのついた目を大きく見開いた。

「廉ちゃんがクリスマスケーキを？　ウソでしょ？」

「本当です。近所のケーキ屋さんに頼まれて、付き合いで買ったって」

「そのケーキ、食べたの？」

「いいえ。烏島さんは食べないからって私にくれました」

鳩子は呆れた顔をした。

「やだぁー。それ、はじめから千里ちゃんのために買ったんじゃない！」

「え？」

今度は千里が目を見開く番だった。

「あのねぇ、廉ちゃんは欲しいものにはいくらでもお金を出すけど、不要だと思うものには一切お金を出さないの。私、前に知り合いの店のクリスマスケーキを買ってくれないかって頼んだことあるんだけど、あっさり断られたわよ」

「……そうなんですか？」

烏島が自分のためにケーキを用意した——千里は信じられない気持ちだった。

「あの人間嫌いが驚いたわ。大事にされてるのね、千里ちゃん」

「……烏島さんにとって私は『モノ』だから」

「モノ？」

怪訝な声で問い返す鳩子に、千里は微笑んだ。

「はい。人間のくくりには入っていないんです、たぶん。烏島さんにとって、私は『コレクション』のひとつなので」

烏島に能力ごと買い取られたあの日から、千里はモノにしか興味のない烏島の『コレクション』に加わることになった。烏島は自分の『コレクション』をとても大事にする。それだけの話だ。決して千里が特別というわけではない。

「あいつにモノ扱いされて、千里ちゃんはそれでいいわけ？」

「モノでも人間でも、私はどっちでもいいんです。ただ……烏島さんは私自身を見て評価して、私に貼られたラベルは重要視しない。だからときどき、すごく救われた気持ちになるんです」

陶磁資料館の山科が言っていた——烏島はまわりの評価に流されないと。来歴、病歴、学歴など、千里に貼られたラベルではなく、千里自身を見てくれる。両親から疎まれていた『能力』にさえも、烏島は価値を見出してくれた。

「……もう手遅れなのね」

鳩子はなぜか憐れむような目で千里を見ていた。

「手遅れ？」

「ううん、こっちの話。あたし、そろそろ戻らなきゃ。またね！」

鳩子は千里が挨拶を返す暇もなく、急ぎ足で駅前に停まっているタクシーに乗り込んでしまった。

鳩子が立ち去ると、再び千里のまわりに静寂が戻った。

千里は鳩子にもらったサンタクロースのブーツを鞄に仕舞い、かわりに携帯電話を取り出す。まだ宗介から連絡はない。ひとりになった千里の耳に蘇ったのは、帰り際、烏島から言われた言葉だった。

『きみが誰のものなのか忘れちゃだめだよ、目黒くん』

今思うと、烏島は千里が宗介と会うことに感づいていたのかもしれない。だからといって引きとめることはせず、くぎを刺す。烏島はそういうところがある。烏島は千里を鳥籠の中には閉じ込めない。容赦なく外に放り出し、そして戻ってくることを疑わない。なぜなら千里は烏島の『所有物』だからだ。

「千里！」

烏島のことでいっぱいになりかけていた千里の思考を中断させたのは、自分の名を呼ぶ男の声だった。

千里が振り返ると、息を乱した宗介がこちらに向かって歩いてくるところだった。三つ揃いの青いスーツにベージュのトレンチコート。前髪はうしろになでつけ、露わになった額にはうっすら汗がにじんでいる。今までの私服姿とは比べ物にならないほど大人びた姿だ。

「遅刻ですよ、宗介さん」

千里が言うと、宗介は表情を歪めた。

「悪い。なかなか抜けられなくて」

遅刻は遅刻だが、千里は宗介と無事会えたことに安堵していた。おかげで今日一日中感じていたおかしな緊張も、すっかり抜けている。

「宗介さん、ごはんは食べました？」

千里がきくと、宗介は決まり悪そうな顔をした。

「……付き合いで少し」

宗介とは待ち合わせの場所と時間を決めていただけで、食事の約束をしていたわけではない。責めるつもりはまったくないが、さすがの千里も空腹を覚えていた。

千里はちらりとビルの外を見る。

「じゃあ、ちょっと私に付き合ってください」

＊　＊　＊

宗介を待っているあいだに、駅近くの店から漂ってくる甘い香りにずっと誘惑されていた。

ラストオーダーにギリギリ間に合ったのは幸運だった。一階のカウンターで注文し、商品を受け取ってから二階の客席に上がる。閉店間際とあって、客はほとんどいなかった。

宗介はテーブル席ではなく、奥の壁に向かうよう設置されたカウンター席に向かう。なぜわざわざそんな狭い席にと千里は疑問に思ったが、正面から向き合わなくて済むのはよかった。今日の宗介は着ているもののせいか、なんだか別人のようで落ち着かない。

「本当にこれでいいのかよ」

隣り合って席に着くと、宗介がそう言った。その視線は、ふたりのあいだにあるトレイに向けられている。そこにはホットコーヒーがふたつと、大きなシナモンロールがひとつ載っていた。

「これがいいんです。ひとりじゃ食べきれそうになかったから、ちょうどよかった」

飲み物だけは自分で買ったが、シナモンロールは遅刻のお詫びとして、宗介に奢ってもらった。宗介は全部出すと言ったが、相手は学生である。そこまではお世話になれない。

千里はプラスティックのナイフでシナモンロールを半分に切る。隣に座っている宗介と腕が触れ合っているせいで、少しやりにくい。

「はい、宗介さん」

プラスティックのフォークを宗介に渡し、千里はシナモンロールを手で摑んで口に入れた。

「あ、おいしい」

さっくりした歯ざわり。もっちりした温かい生地にはしっかりシナモンの風味がついている。上にかけられたアイシングの甘さが空腹を訴えていた胃に染みわたり、重かった身体が少し軽くなったような気がした。甘いものは疲労回復に効くと鳩子が言っていたが、本当にそのとおりだ。

「今日は待たせて悪かった」

千里が熱いコーヒーをゆっくり味わっていると、宗介が改めて謝罪してきた。

「それ以上謝ったら口ききません」

「……わかった」

シナモンロールを見つめたまま神妙な顔をしている宗介を見て、千里は話を変えることにした。

「私こそ、これでよかったんですか？」

「なにがだよ」

「八木さんに話をつけてもらったお礼です」

宗介とはクリスマスイブに会う約束をしていただけだ。これがお礼になっているとは思えない。遅刻した罪悪感に苛まれている宗介にシナモンロールを奢ってもらったが、本当なら千里が奢るべきだった。

「……本当は店を予約してた」

「ええっ？」

「キャンセルすることになったけどな」

千里は青くなった。まさか宗介が店を予約しているとは思わなかった。

「それってキャンセル料かかるんじゃないんですか？」

「大丈夫だ」

「本当に？」

「こっちの都合だし、おまえは気にする必要ねえよ」

　宗介はそう言って、コーヒーを飲む。千里は再び、落ち着かない気分になってきた。

クリスマスイブにわざわざ店を予約していた。その意味を深く考えるのが怖かった。

「あの……汀さんに聞きました。家の用事が忙しいんですよね」

「……まあな」

　宗介は言葉を濁した。

「せっかく高校生最後の冬休みなのに……」

「そうだな。この年になると見合いの話とか出てくるから面倒くせえ」

　宗介の口から出た見合いという言葉に、千里は驚かなかった。家系を絶やすわけにはいかない名家の跡取りなら、早いうちからそういう話はあるのだろう。汀にも、そういう話は来るのだろうか。いや、間違いなく来る。烏島がいつか「美しい娘は使える」と言っていたのを思い出した。この兄妹には、きっと七杜のお家柄にふさわしい相手が選ばれる。

「……大変ですね」

結婚する相手だけではなく、これから先の人生において、この兄妹が自由な選択肢を持つことができたらいいのに――千里が願うことは、それだけだった。

「それだけなのか」

押し殺したような低い声に、千里はびくりと肩を揺らした。隣を見ると、鋭い視線に射貫かれる。

「俺に見合いの話が出てるって知って、おまえは大変だとしか思わないのかよ」

「それは……だって、私が口出しできるようなことじゃないでしょう？」

宗介が千里の手に自分の手を重ねる。指と指を絡めるように上から押さえつけられて、千里の心臓が跳ねた。

「口出ししてくれよ」

「宗介さ――」

コーヒーとシナモンの香り、そして唇に触れた柔らかい熱。

「……おまえが好きだ」

吐息が触れ合うほどの距離で囁かれた告白に、千里の頭は真っ白になった。

＊　＊　＊

アパートまで送るという宗介の申し出を、千里は頑なに断った。千里を送っていたら宗介が家に帰るのが遅くなる。条例違反になると言っても宗介は引かなかったが、今はひとりになりたいと言うと、渋々ながら引いてくれた。

千里がアパートに帰ると、明かりがついていた。汀だろうか。だがもう十一時になろうとしている。こんな夜遅くまで汀が部屋にいることは今までなかった。

鍵を開け中に入ると、煙草の臭いが鼻についた。驚いて足元を見ると、くたびれた男物の革靴が並んでいる。

「千里、おかえり。久しぶりだなあ」

炬燵に入っていた男が、玄関に立ち尽くしている千里を見て、人のよさそうな顔で笑っていた。

「叔父さん……？」

千里の記憶にある叔父は、スーツを着て、いつも小綺麗にしていた。だが今は、見る影もない。剃り切れていない髭や着古したセーターを見る限り、まともな生活を送っていないのがわかる。

「なんでここに……どうやって入ったの？」

千里は靴を脱ぎ、部屋に入った。炬燵のテーブルの上にはカップ酒とつまみの袋が置かれていた。ここで酒盛りをしていたのだろう。

「大家さんに鍵を貸してもらったんだよ。外で待ってるのも寒いし」

まったく悪びれない表情で新二は言う。大家の唐丸《とうまる》にはここに入居を決める際、新二と一緒に挨拶に行った。それで疑いなく貸したのだろうか。

「どうしてそんな勝手なこと……ここ、私の家なんだよ」

「親戚なんだからそんなに怒ることないじゃないか」

新二は心外だと言わんばかりの顔だ。それが癪に障った。

「親戚だからってなんでも許されるはずないでしょう」

「千里だって俺の家にしばらく住んでただろ？」

千里は口を噤《つぐ》む。両親が事故で亡くなり、高校生だった千里は新二に引き取られた。その恩があるのは間違いないからだ。

「……いったい、ここになにしに来たの？」

怒りを押し殺して、千里はきいた。

「あー、ちょっとお金を貸してもらえないかと思ってなあ」

未成年だった千里は後見人の新二に両親の保険金と家を売ったお金を管理してもらい、そこから千里に必要なお金を引き出してもらっていた。社会人になるまでは「若い身空で大きなお金を持つのはよくない。簡単に引き出す癖がついてもまずい」と言われ、キャッシュカードだけは新二に預かってもらっていた。先物取引に手を出して失敗した新二は、そのキャッシュカードで千里の貯金を全額おろし、夜逃げしたのだ。その話には触れず、新たに千里にお金を借りようとする——その考えが、まったく理解できなかった。

「叔父さん、私の友達にもお金を借りたよね？」

「あー、あれなあ。悪かったと思ってるんだ。でもおまえもいなかったし、背に腹は代えられなくて」

新二はポリポリと頭をかく。

「使えない名刺まで渡して？　はじめから返すつもりはなかったんでしょ？」

「でもあの子、おまえの友達なんだろ？　名門女子高の制服着てたし、お金には困ってなさそうだから、いいかなと思ったんだ」

汀が千里の友達であること、汀がお金に困っていなさそうであることが、どうしてお金を返さない理由になるのか、意味がわからなかった。

「私にお金を借りる前に、あの子に借りたお金を返して」

「返せるお金があったら、おまえに貸してくれとは言わないよ」

「お酒を買うお金はあったのに？」

「それとこれとは話が別だろ。飯は食わなきゃ生きていけないんだから」

目の前にいる叔父が、千里には宇宙人のように見えた。日本語を喋っているのに、話が通じない。肝心な話には論点をずらされる。目黒新二という人は、元からこんな人だったのだろうか？

「私は……叔父さんに貸すお金はない。もう帰って」

「質屋で働いてるって大家さん言ってたぞ。給料があるだろう？」

新二は怪訝な顔で言う。給料は千里が働いて得たお金であり、千里が生活していくためのお金だ。

「それは私が生活するためのお金だから」

「さすがに全額使うってことはないだろ？」

首を傾げる新二を見て、千里は理解した。この叔父にはもう、なにを言っても無駄なのだと。

「とにかくお金はないから。もう帰って。鍵も返して」

「貸してくれたら返すよ。ちょっとは現金、持ってるんだろ？」

千里は黙って財布から現金を取り出し、テーブルの上に置いた。新二はそれをポケットにねじ込むと、鍵を置いて立ち上がる。

「ありがとなあ、また来るよ」

新二は笑って部屋を出て行った。千里は急いで鍵を閉める。今日はいろいろありすぎて、疲れた。もうなにも考えたくない。

ふらふらと台所に立った千里は、台所の換気扇がついたままになっていることに気づいた。不審に思いながらそれを止め、水を飲もうとして気づいた。

汀がいるとき以外は使ったことのないティーカップが、シンクに置かれていた。中には水がはられ、短い吸い殻が三本、泳いでいた。カップの内側は黒い灰で汚れ、それが溶け込んだ水は、嫌な臭いを漂わせている。

千里はその場に崩れるように、膝をついた。

「う、う……」

千里は両手で顔を覆う。涙があふれて止まらなかった。千里は冷たい台所で、声を押し殺しながら泣き続けた。

翌朝、千里の部屋を訪ねてきたのは、唐丸だった。

大学生のときからここに住んでいる千里に、唐丸はたまに差し入れなどを持ってきてくれる。訪問自体はめずらしくないが、こんな早朝にやってきたのははじめてだった。

「目黒さん、ああ、無事だったのね」

自分の顔を見るなり、皺のある顔をさらにしわくちゃにして泣き出しそうになった唐丸に、千里は驚いた。

「無事？　なんのことですか？」

「昨夜ね、あなたが事故に遭って入院することになったから、部屋から必要なものを持っていきたいって叔父さんが鍵を借りに来たのよ。気が動転しちゃって鍵を渡したんだけど……すぐに返すって言ってた鍵は返しに来ないし、もらった連絡先に電話しても応答しないし、不安になっちゃって……」

新二は唐丸にそんな嘘をついて鍵を借りたのか。千里はどっと疲れを覚えた。

「唐丸さん、もしこれから叔父が来ても、私の部屋の鍵は渡さないでもらえますか」

千里が言うと、唐丸はすべてを察したような表情をした。

「わかったわ、二度と渡さない。近いうちに部屋の鍵を変える工事も頼むから」

「……なんだかすみません」

「前からピッキングしにくい鍵に変えるという話は出てたのよ。……今回は本当にごめんなさいね」

唐丸と新二は顔見知りだ。その新二からそれらしい理由をつけられれば、鍵を渡してしまうのも仕方ないだろう。唐丸はしっかりしているとはいえ、八十を超えているひとり暮らしの女性だ。そういう弱い立場の人間を騙した新二に、千里にはもう怒る気力も残っていなかった。

唐丸が帰ってから、千里は洗面所で顔を洗った。鏡で確認するが、目元は思ったほど腫れていない。今日は昼からの出勤なので、それまでには目の充血も引くだろう。

昨夜洗って乾かしていた汀のティーカップを紙に包み、それにペンでバツ印をつけた。ほかのティーセットも同じように紙に包み、割れないように丁寧に箱に梱包する。

十時になってから最寄りのデパートに電話をした。汀のティーカップは海外の有名な陶器ブランドのもので、幸いにも定番のシリーズだった。問い合わせると、別の店舗に在庫があるので明日には取り寄せできるという。千里は明日買いに行く旨を伝え、電話を切った。

電話に出たデパートの店員には「クリスマスプレゼントですか？」と訊かれた。クリスマスプレゼントであれば、どんなによかっただろう。そう思いながら千里は重い腰を上げ、仕事に行く支度をはじめた。

＊＊＊

千里が出勤すると、二階の部屋に鳥島の姿はなかった。

デスクには飲みかけの紅茶が入ったカップがある。おそらく一階で接客しているのだろう。コートを脱ぎ、鳥島が乱雑に積み上げていた新聞や雑誌を片付けようとしたとき、応接セットのテーブルの上に薄紫の地に黄色の花の模様が入った風呂敷包みが置かれていることに気づいた。二階にも来客があったのだろうか。

そのとき、デスクに備え付けの電話が鳴った。内線だ。

「目黒くん、悪いけどデスクの二番目の引き出しに入っている封筒を下に持ってきてくれるかい？」

「はい、わかりました」

引き出しを開けると、白い封筒が入っていた。それを持って千里が一階の店舗に行くと、予想外の人物がいた。

「絹子先生……？」

接客用の椅子に芳賀と並んで座っていたのは、絹子だった。いつものセーターにジーンズというカジュアルな服装ではなく、えんじ色の着物を着ている。絹子は千里に気づくと、少し気まずそうな表情で微笑んだ。

「目黒くん、封筒は？」

千里に気づいた烏島が、こちらを振り返る。

「あ、すみません」

千里は慌てて烏島に封筒を渡した。烏島はそれを芳賀の前に置く。

「芳賀さん、ではこれを」

芳賀は封筒の中身を確認すると「確かに」と笑い、席を立った。絹子もそれに続く。

「では私どもはこれで失礼します、烏島さん」

「ええ、お気をつけて。花邑さんもありがとうございました」

烏島が言うと絹子はぺこりと頭を下げ、芳賀とともに店を出て行った。

「目黒くん、絹子さんは書道教室のときも指なしの手袋をしているのかい？」

ふたりを見送った烏島が千里にきいてきた。

「はい。それがどうかしましたか？」

「いや、着物に手袋っていうのも珍しいと思ってね。上に戻ろうか」

烏島は机の上に置いてあった紙袋を持って、一階の店舗を出た。

「烏島さん、絹子先生はなんの用事だったんですか？」

「あとで説明するよ。それより目黒くん、視てもらいたいものがあるから、ソファに座って」

二階に戻った千里と烏島はソファに隣り合って座る。烏島は持っていた紙袋を置くと、テーブルの上の風呂敷包みを手元に引き寄せた。烏島が風呂敷を開くと、緑の組み紐がかかった共箱が現れる。中には美しい二組の茶碗が入っていた。器を彩るのは緑と青の釉だ。決して派手ではないのに発光しているようにも見える不思議な色合いだった。

「これを視てもらえるかな」

「……わかりました」

ひんやりと硬い手触りのそれを両手で持ち、千里は目を閉じた。

しばらくして作務衣《さむえ》を着た男の姿が視えた——芳賀だ。三十代くらいだろうか、今より顔が若い。芳賀は緊張した面持ちでろくろを回しながら器の形を整えている。その向こうに厳しい目で芳賀の姿を見つめる初老の男がいた。こちらも見覚えがある。花邑文治だ。器にやすりをかけている芳賀の姿や、完成した器を確認している文治の姿が千里の脳裏に現れては消えていく。

「なにが視えた？」

目を開けた千里に、烏島がきいてきた。

「若い芳賀さんです。たぶん二十代か三十代くらい……ろくろを回しながら器の形を整えていました。あと花邑文治さんの姿も」

「花邑さんはなにを？」

「芳賀さんの作った器の出来を確認しているようでした」

千里が言うと、烏島は「やっぱりそうか」と呟いた。

「弟子に作らせて師匠が出来を確認する、か。これが彼らのルーティンだったのかな」

「あの、烏島さん。やっぱりってなんですか」

「その器はね、『花邑文治』の作品なんだ」

慌てて器の底を確認すると、花邑の銘が入っている。

「でもこの器を作っていたのは芳賀さんでした」

「うん。花邑文治の作品は、本当は芳賀が作っていたんじゃないかと、僕は思っている」

千里は目を見開いた。

「芳賀さんが花邑さんの……？」

「うん。花邑文治の作風が大きく変わったのは、芳賀が弟子入りした頃なんだ。きみも言っていたよね、花邑の売れる前と後の作品を比べて『別人』みたいだって」

確かに言った。

「それがずっと引っかかっていてね。先日芳賀のギャラリーで成人式の写真を見ただろう？」

「はい」

「成人式のとき、花邑文治の年齢は五十だ。まだ若いのに杖をついていた。その手を見たら、指の関節がやけに膨れ上がっているように見えたんだ」

千里は驚いた。烏島はやけに熱心に写真を見ていたが、そんなところまでチェックしていたとは思わなかった。

「花邑文治は弟子と違って情報が少ないから、鳩子さんに調べてもらった。彼の通院していた病院の看護師によると、彼は四十を過ぎてからリウマチの症状が進行していたらしい」

「リウマチ？」

「関節が炎症を起こして腫れ上がり、痛むんだ。ひどい場合は関節が変形して、うまく曲げ伸ばしができなくなるらしい。症状が進行すると完治させるのは難しく、進行を遅らせるのが主な治療法だ。花邑の場合、手足の痛みがひどく、日常生活を送るのも厳しかったようだね。絹子さんが父親のかわりに客に作品を届けにいっていたのも、そのせいじゃないかな」

そういえば絹子は、父親が亡くなるまで実家で一緒に住んでいたと言っていた。自由に動けない父のかわりに、身の回りの世話をしていたのかもしれない。

「そういう状態であるにも拘わらず、花邑文治は五十を過ぎてから死ぬまで継続的に作品を発表している。陶芸は力仕事だ。おかしいと思わないかい？」

「芳賀さんが、師匠が死ぬまで代わりに作品を作り続けたってことですか？　なんでそこまで……」

芳賀は師匠のことを『他人』と言い捨てていた。それにあの男の性格を考えれば、日陰の身を選ぶようには思えない。

「芳賀の両親は幼い頃離婚して、彼は祖母に育てられていたんだ。その祖母が亡くなってから、花邑は彼を自分の家に居候させて、高校の学費も払ってやっている」

「え？　でもその頃、花邑さんはお金がありませんでしたよね？」

「花邑は芳賀に自分の仕事をやらせるつもりで引きとったのかもしれない。恩を売ったんじゃないかな。子どもの頃に刷り込まれた力関係は死ぬまで続くものだ」

千里は手の中にある茶碗に視線を落とす。

「でもこの器ひとつで決めつけるのは……たまたま弟子の芳賀さんに作らせたものだったのかもしれませんよ」

「うん、だからこれを視てほしい」

烏島は紙袋の中に入っていた共箱をふたつ、テーブルの上に並べた。ひとつは黒焦げになった『紅絹の皿』の共箱、そしてもうひとつは焼け焦げていない綺麗な共箱だった。その蓋には『白妙の皿』と書かれ、花邑の印が押してある。

「『白妙の皿』？　これってもしかして……」

「そう。僕が探していた白の祝い皿だ。先ほど芳賀から買い取った」

「どこで見つかったんですか？」

この『白妙の皿』については、正直見つからないのではないかと千里は思っていた。

「花邑の娘さんが実家の蔵に眠っていたのを見つけ出したそうだ」

「絹子先生が？」

千里は弾かれるように顔を上げた。

「花邑文治はこの白い皿を売らなかったってことですか？」

「そういうことになるね」

花邑文治は野本に絹子の紅い皿だけを売り、それで妹の振り袖を仕立てた？　芳賀のギャラリーに飾られていた写真、着物を着ていた妹の横で微笑んでいた絹子のことを思い、胸が痛くなる。

烏島が『白妙の皿』と書かれた共箱の蓋を開け共布をはずすと、真珠のように上品な光沢を持つ八寸皿が現れた。光の加減で内側から発光しているようにも見える。白一色といっても、とても表情豊かで華があった。底には赤い釉で花邑の銘が入っている。

「これは食器としては使われていなかった。だから視えるはずだよ」

千里は烏島から皿を受け取った。

目を閉じ、意識を集中させる。

まず視えたのは、皿を成形する若い芳賀の姿だった。それを見つめる花邑の姿もあった。そこからしばらく映像が途切れる。その後視えたのは、たくさんの器が乱雑に積み上げられている薄暗い部屋で皿を探す芳賀の姿——こちらは最近の芳賀だ。彼が手に取ったのは、薄い茶色の皿だった。そこで映像は切り替わり、今度は共布に白い皿をくるんでいる芳賀の姿が映る。

「なにが視えた？」

烏島にきかれ、千里は視えたままを報告した。

「芳賀のほかには誰も視えなかった？」

「はい。花邑さんの姿はちらっと視えましたけど、ほかには誰も」

烏島は唇に指を当て、白い皿を見つめたまま考え込んでいる。

「花邑さんがこの皿を作ったのは、娘さんが生まれたときのはずですよね？　それなのになんで芳賀さんが……」

「それはきみが視たままさ。白い祝い皿が見つからなかったから、贋作《がんさく》を作ることにしたんだよ」

「贋作？」

烏島は頷いた。

「花邑の作品は実用的な食器が主だ。この祝い皿と同じ八寸皿ももちろん作っていた。芳賀は花邑の家に残っている昔の作品……と言っても芳賀が作ったものだけど。その中から紅い皿と似た八寸皿を探して、白い釉薬をかけ焼き直した――というのがこの祝い皿の真相じゃないかな」

「烏島さん、あまり驚いてませんね。もしかしてわかっていたんですか？」

「彼は守銭奴で有名だ。今は自分の作品のほうが高く売れるから、わざわざ師匠の作品を売るメリットはなかった。でも僕が相場以上の高値で買い取ると条件を出せば、白い祝い皿が花邑の実家の蔵に存在しなかったとしても必ず用意するだろうと思っていたんだ」

烏島はそう言って、千里の手から白い皿を取った。

「僕に紅い皿を預からせてくれと言ったのは、白い祝い皿を探すためではなく、白い祝い皿の贋作を作るため。守田くんも言っていたね。元ある器を焼き直す方法なら時間もコストもかからないって」

千里はそこで、烏島は芳賀に言い値で買い取らせてもらうと言っていたことを思い出す。

「烏島さん、このお皿にいったいいくら出したんですか?」

「これくらいかな?」

烏島が指で示した数字を見て、千里は眩暈《めまい》を覚えた。欲しいもののためなら金に糸目をつけないことは知っていたが、買い取ったのは烏島が追い求めている本物の祝い皿ではない。

「芳賀さんが贋作を持ってくる可能性をわかっていて、そんなに支払ったんですか?」

「本物の白い祝い皿が手に入る可能性も無きにしも非《あら》ずだったからね。花邑文治の作品はもともと数が多くない上に、紅い皿のように食器として使われていたりする。きみに視てもらうのにふさわしいサンプルを手に入れたかったんだよ」

サンプルと聞き、千里は花邑文治の作品だというふたつの湯呑に目をやった。

「そういえば、こっちの花邑文治の器はどこから手に入れたんですか？」

「七杜家からお借りしたんだ。高木《たかぎ》さんにお願いして探してもらったら、この器が見つかってね」

七杜、という名前に、千里はぎくりとした。目ざとく千里の変化に気づいた烏島が怪訝な顔をする。

「目黒くん、どうかしたかい？」

「い、いえ……なんでもありません」

「明日にでも七杜に返却しに行ってくれるかな。高木さんには連絡しておくから」

高木は七杜家の執事だ。千里も顔見知りで、世話になったことがある。今七杜家に行くのは気がすすまないが、仕事だ。千里は「わかりました」と返事をした。

「七杜家は贋作を摑まされていたってことになるんでしょうか」

「さあ、どういう経緯でこれを買い取ったかは知らないからね。花邑文治というブランドを求めていたのなら『贋作』になるだろうし、この作品自体の魅力に引かれて買ったのなら『真作』になる」

　ラベルを見るか、そのモノ自体を見るか。ラベルに踊らされる人間は多い。だが、烏島は違う。

「烏島さん、この『白妙の皿』が芳賀さんの作った贋作なら、烏島さんの求める花邑文治の真作はまだどこかに存在しているってことですよね？　芳賀さんはその可能性は考えなかったんでしょうか」

「僕が思うに、白い皿はもう存在していない」

　烏島はなぜか、はっきりとそう言い切った。

「どうして言い切れるんですか？」

「勘だよ」

　烏島はにっこりと笑う。胡散臭い笑顔だ。

「もし本物が出てきたとしても芳賀は特に問題にしないだろう。彼には揺るぎない『証明書』があるからね」

「証明書？」

「絹子さんだよ。双子の誕生を祝う皿の存在は、弟子の芳賀も、紅い皿を買い取った野本も知らなかった。知っているのはおそらく家族のみだろう。誰も現物を見ていない。

娘の絹子さんが『この皿は父が作ったものだ』と言えば、それが真実になる」

千里はハッとした。

「もしかして今日、絹子さんが来たのは……」

「芳賀が持参した『白妙の皿』が父親の作ったものだと証明するためだろう。彼女は僕に『これは父の作った祝い皿です』と明言したよ」

千里は烏島を凝視した。

「彼女は芳賀の詐欺の協力者だ。芳賀が父親の作品を作っていたことも知っていて、黙っていたんだろう。父親の詐欺の協力者でもあるね」

千里は信じられないとばかりに首を横に振る。

「そんな……絹子先生が知らなかった可能性は？　先生は陶芸には興味がないって言ってました」

「陶芸には興味がなくても、父親の身体のことは一番よく知っていたはずだ。工房も実家にある。手の使えない父親の代わりに誰が作品を作っていたか、知らなかったと思うかい？」

口を噤む千里を横目に、烏島は『白妙の皿』が入っていた共箱を手に取った。

「『紅絹の皿』の共箱が焼け劣化していたのは、あちらにとっても幸運だっただろうね。

比べる対象がないんだから、同じサイズのそこそこ古い共箱を用意して箱書きを施せばそれでよかった」

「……それがなにか絹子先生に関係あるんですか」

「彼女はこの箱書きは父親が書いたものだと言った。絹子さんの言うとおりであれば、『紅絹の皿』と同じように、若い花邑文治が箱書きしている様子が視えるはずだ」

烏島は『白妙の皿』の共箱を、千里に差し出した。

「『真実』から目を逸らしちゃいけないよ、目黒くん」

＊　＊　＊

時刻は、夜の十時を回っていた。

書道教室の窓からは明かりが漏れている。千里はドアを開け中に入った。受付の向こうにある部屋では、絹子がひとり後片付けをしていた。生徒はもう、帰ったようだ。

「絹子先生」

千里が声をかけると、テーブルをふいていた絹子が顔を上げた。今日、質屋に来ていたときは着物姿だったが、今はいつもの黒いセーターとジーンズを着ている。

「目黒さん……？」

こちらに気づいた絹子の瞳が一瞬動揺したように揺れた。だが、すぐにいつもどおりの笑顔を作る。

「こんな時間にどうしたの？　今日はもう終わりだよ」

「どうして芳賀さんに協力するような真似をしたんですか？」

千里の言葉に、絹子はすっと笑みを消した。

「……なんの話かな」

「白い祝い皿のことです。あれは花邑文治さんが……絹子先生のお父さんが作ったものじゃない。共箱の箱書きも絹子先生が書いたものですよね、この教室で」

烏島から目を逸らすなと言われ、千里が視た『真実』は、共箱の蓋に箱書きをしている絹子の姿だった。絹子は烏島に父親が箱書きしたと言ったそうだが、それは嘘だったのだ。

「……見ていたの？」

「視ました」

千里が視た映像では、教室の壁に貼られたカレンダーまで視えた。質屋に勤めはじめてどんどん精度がよくなっている自分の『能力』が疎ましくなるほどだった。

「……仕方なかったんだよ」

「絹子先生のお父さんの作品を芳賀さんが作っていたからですか」

絹子が顔を強張らせる。

「どうしてそれを……」

「絹子先生は芳賀さんに脅されてるんじゃないんですか？」

絹子が積極的に詐欺行為に加担するとは思えない。花邑文治は弟子の芳賀のおかげで売れるようになった。それをネタに芳賀が絹子に協力を迫った——そうとしか考えられない。

「私は父の名誉を守りたいだけ」

「父親としては素晴らしくないと言っていたのに？　もうこの世にはいない人に絹子さんはこれからも縛られ続けるんですか？」

絹子の皿を売り、妹の妙子にだけ振り袖を仕立てた。同じ双子の娘に残酷な差をつけた父親を守りたいという絹子に、千里は焦れる。

「そうだよ。それが『血』ってものでしょ」

以前、絹子は千里に「生まれながらに結ばれた縁は解けない呪いみたいだ」と言った。

父親が死んでも、絹子はその呪いから解き放たれてはいないのだ。それは千里も同じだった。両親から投げつけられた言葉は、彼らが亡くなった今も呪いのように千里の身体を縛っている。そしてそれはきっと、千里が死ぬまで消えることはない。

「うちの店主はあの白い祝い皿を、『花邑文治』の作品として高値で買い取りました」

「……そうだね」

「もしまた芳賀さんが同じようなことを頼んできたら、絹子先生は彼に協力するんですか？」

千里は祈った――どうか「しない」と言ってくれと。

「するよ」

絹子は千里をまっすぐに見て言った。

「私は協力する」

その答えに、千里は失望した。だが心のどこかで納得してもいた。血縁というものがそう簡単に切り捨てられるものではないことは、千里にも嫌というほど覚えがあるからだ。

「私、教室をやめます」

絹子を責めることはできない。だが彼女が芳賀に協力すると言う限り、千里はそばにはいられない。

「短い間でしたが、ありがとうございました」

絹子は哀しみと諦めが入りまじったような目をしていた。

千里はこの日、自分で見つけた居場所と尊敬する先生を失った。

賤《しず》に恋なし

竹林に囲まれた私道をしばらく歩くと、日本庭園が目の前に現れた。

美しく剪定《せんてい》された木々に立派な庭石、鯉が泳ぐ大きな池。その向こうに見えるのが、瓦葺《かわらぶ》きの豪邸だ。和と洋の折り合う建築は過去の当主が何代にもわたり増築と改築を繰り返したからだそうだが、まったく違和感なく溶け合っている。

「ありがとうございました」

その豪邸の広い玄関ホールで、千里は持っていた風呂敷包みを差し出した。

「いいえ、お役に立てたようでなによりです」

そう言って微笑む白髪の紳士は、七杜家の執事である高木だ。痩身にグレーのスーツがとてもよく似合っている。以前依頼された仕事で、千里はこの七杜家の使用人見習いをしていたことがある。その際、高木をはじめとした七杜家の使用人にはずいぶんよくしてもらった。

「宗介さまは来客中でして。久しぶりに目黒さまに来ていただいたのに残念です」

「え……？」

千里は戸惑った。

「高木さん、あの、私は別に宗介さんに会いに来たわけではないので……」

「宗介さまは目黒さまにお会いしたいとおっしゃっておりましたから」

高木の穏やかだが心の内の読めない笑顔に、千里は冷や汗をかいた。クリスマスイブのことは誰も知らないはずだ――宗介が喋っていなければ。

「これからもどうぞ宗介さまをよろしくお願いします」

「あ。はい、烏島に伝えておきます」

「いえ、私は目黒さまにお願いしているのです」

いつになく真剣な表情の高木に、千里はたじろいだ。

「それは、その、もちろんです。宗介さんには私のほうが仕事でよくお世話になっているので、こちらからお願いしたいくらいで――」

「いえ、そういうことではなく」

めずらしく、高木が千里の言葉を遮った。

「来春、高校を卒業すれば七杜の跡目としての務めがさらに増えるでしょう。その責は宗介さま自身が考えている以上に重いもの。奥さまが亡くなってから、宗介さまには心の拠り所となるかたが必要だとずっと思っておりました」

宗介の母親は、彼が小さい頃に亡くなっている。父親も忙しく、腹違いの兄妹とも別々に暮らす中、高木が宗介に対し心を砕いていただろうことは、千里にも容易に想像できた。

「宗介さまがこれほど心を許したのは、目黒さまがはじめてなのです」

高木の目は静かに千里を見据えている。ここまで言われれば、さすがの千里でも高木がなにを言いたいかわかってきた。

「……それは将来、宗介さんの家族になる人の役目だと思います」

「それでも宗介さまは、あなたさまを諦めないでしょう」

千里の脳裏を過ったのは、五鈴の顔だった。宗介にふさわしい家柄の女性が選ばれても、千里を諦めない。それはつまり――。

「愛人としてそばに置くためにですか」

気がつくとそう口にしていた。高木が驚いたように千里を見ている。千里は自分の失言に気づいた。

「あの、私……すみません。そんなことを言うつもりじゃ」

「いえ、こちらこそ出過ぎたことを申しました。お許しください」

高木は頭を下げる。千里は焦った。

「高木さん、やめてください！　この話はお互い忘れましょう！　ね？」

「いいえ」

顔を上げた高木はしかし、首を縦には振らなかった。

「勝手なことを申し上げているということは重々承知しております。ですがどうか……目黒さまの心の片隅にでも、留めおいていただきたいのです」

＊　＊　＊

七杜家に花邑文治の器を返却すれば直帰していいと、烏島から言われていた。

最近、日が暮れるのが早い。薄暗い私道を歩いていると、ときおり冷たい風が通り抜ける。千里は首に巻いたマフラーをさらにしっかり巻きつけた。

高木に車で送ると言われたが、丁重に断った。今はひとりになりたい気分だったのだ。

「千里！」

千里は足を止め、振り返った。こちらに向かって走ってくる人影――宗介だった。

「宗介さん？　来客中じゃなかったんですか？」

「おまえが、俺に！　声もかけずに帰るからだろ！」

よほど急いで走って来たのか、宗介の息が切れている。白い頬が紅潮していた。

「私は仕事で来ただけですし、特に約束はしてなかったでしょう？」

千里に反論しようとした宗介が、くしゃみをした。よく見れば、宗介は薄手のセーターに紺色のパンツという防寒には程遠い格好だった。

「もう、そんな薄着で出てくるから……！」

千里は自分の首に巻いていたマフラーを宗介の首に巻いた。宗介は驚いたように目を見開き、それからふっと表情を緩める。

「チクチクする。これ安物だろ」

「文句言わないでください」

「おまえの匂いがする」

宗介がマフラーに鼻先を埋《うず》める。それを見た千里はぎょっとした。

「ちょ、ちょっとやめてくださいよ！」

慌ててマフラーを取り返そうとした手を、宗介に掴まれた。冷え切った千里の指先に、宗介がそっと唇をつける。湿った柔らかい感触——先日、唇に受けたそれを思い出し、千里は顔が赤くなるのを感じた。

「返事が聞きたい」

千里に向けられる視線は、ひどく熱を帯びていた。クリスマスイブのあの夜、千里は宗介にからかわれているのではないかとも考えた。だが、違う。彼は本気なのだ。

「……ごめんなさい」

だからこそ、千里も誠実に答えなければならないと思った。

「私、宗介さんのことは、そういう目で見られません」

「烏島か？」

間髪容れずにそう言われ、千里は驚く。

「烏島さんは関係ないですよ」

「じゃあなんでだよ」

食い下がる宗介に、千里は戸惑う。

「なんでって……私は宗介さんと年も離れているし、秀でるものもない、家柄もいいわけじゃない。いろいろと釣り合わないってことはわかるでしょう」

「おまえまで同じこと言うんだな」

皮肉ったような笑みを見せる宗介に、千里はその表情の裏にあるものに気づいた。

「誰かに同じことを言われたんですか？」

宗介はしまったという顔をする。図星なのだ。

「誰になにを言われようと関係ない」

「関係あります。宗介さん、あなたは七杜家の跡取りなんでしょう」

高木が言っていた七杜の跡取りの責には、ふさわしい家柄の女性と結婚することも含まれている。そのためにも交友関係は身ぎれいにしておかなければならないはずだった。

「俺に告白されて、おまえは嫌だと思ったのかよ」

「……いいえ」

異性から、まっすぐに好意を向けられたのははじめてだった。嬉しいと思う気持ちは少なからずあった。だが、それ以上に怖かった。誰かを特別に思うということは、その誰かに自分の重荷を少なからず背負わせることになる。千里の脳裏を過ったのは新二の顔だった。

「なら、俺のものになってくれよ」

手を握り締めるその力は、千里が敵わないほど強い。見た目だけなら、千里よりも大人に見える。だがこちらを見下ろす目は、迷子の子どものようだ。

「宗介さん、私……」

千里が口を開きかけたとき、車のライトが千里と宗介を照らし出した。

近づいてきた黒塗りの車が、ふたりのそばに静かに停止する。後部座席のウィンドウが開き、そこから顔を出したのは、中年の男だった。年齢は新二と同じくらいだろうか。横に流した黒髪には白髪が交じり、顔には年齢相応の皺があるが、整った顔立ちをしていた。

「こんなところでなにをしている、宗介」

耳にはっきりと届くテノールに、千里は威圧される。はじめて宗介と出会ったときにも似たような感覚を抱いたが、その比ではなかった。

「親父……」

宗介が苦虫をかみつぶしたような顔をする。

新聞や雑誌で何度も名前は目にしたことがある。七杜元彰《もとあき》──平安時代までさかのぼることのできる名家の当主であり、建設、金融、病院、教育機関まで擁するグループ会社のトップであり、宗介の父親。千里は何度もこの屋敷を訪れているが、会ったのはこれがはじめてだった。

「彼女は？」

父親の目が千里に──正確には宗介と繋いでいる千里の手に向けられる。千里は慌てて宗介の手から自分の手を引き抜いた。

「……烏島のところの従業員だ」

宗介は気がすすまない様子で答える。宗介の父親の値踏みするような視線に、千里は後退りしそうになった。

「彼が従業員を雇ったとは聞いていたが、まさかこんなに若いとはな」

「は、はじめまして。いつもお世話に——」

「挨拶も自己紹介も結構」

七杜の当主は千里の言葉を冷たく遮り、宗介を見た。

「宗介、九條《くじょう》のお嬢さんはどうした？」

その質問に宗介は気まずそうな表情になる。

「……部屋で待たせてる」

「すぐに戻りなさい」

運転手が降りてきて後部座席のドアを開けた。だが宗介は動こうとしない。

「乗りなさい、宗介」

厳しい声がした。千里は宗介の腕に触れた。宗介が千里を見る。その黒曜石《こくようせき》のような瞳は迷うように揺れていた。

「宗介さん、車に乗ってください。このままじゃ風邪をひいてしまいます」

ね、と笑いかけると、宗介は頷いた。

「……また会いに行く」

「はい、お店でお待ちしています」

宗介がなにか言いたげな顔をしたが、千里は無視した。ずっと千里と宗介のやりとりを見ていた父親に頭を下げ、千里は歩き出す。

背後で車が発進する音がしたが、千里は背を向けたまま、振り返らなかった。

＊＊＊

七杜家からの帰りにデパートに立ち寄ると、取り寄せを頼んでいたティーカップが用意されていた。ラッピングを頼んでいるあいだに、花の刺繍が入った可愛らしいティーコージーを見つけ、それも一緒に包んでもらった。

デパートを出て、やけに首元が寒いことに気づき、宗介にマフラーを貸したままであることを思い出した。宗介の言うとおり安物だが、気に入っていた。だが、返してもらう気もなかった。もう仕事以外では、宗介に会うことはないだろう。

アパートに到着する頃には、既に日は落ち、真っ暗になっていた。千里は郵便受けのそばに立っている人影を見つけ、顔を強張らせた。

「叔父さん……」

ジャンパーのポケットに片手を突っ込み煙草を吸っていた新二が、顔を上げた。千里に気づくと、くわえていた煙草を放り、靴裏で踏みつぶす。

「千里、仕事帰りか？」

「……なんの用？」

今日は絶対に部屋に入れる気はなかった。

「手持ちが心細くなってきてな、ちょっと借りられないかなと思って」

なにを、とまでは聞かなくてもわかる。

「一昨日貸したばっかりじゃない」

「いや、ちょっといろいろ物入りで」

「私も物入りなんだよ。もう叔父さんに貸すお金はない」

新二を無視して階段を上ろうとすると、腕を摑まれた。驚いた千里の隙をつくように、手に持っていた紙袋を取り上げられる。

「デパートで買い物するような余裕はあるんだろ？」

「返して！」

千里が声を荒らげると、新二は驚いたような顔をした。だがすぐに、笑顔になる。

「返してほしかったら貸してくれ。な？　ちょっとでいいんだよ」

千里は理解した。おそらくこれから、新二はこうして何度も千里から金を引き出すつもりなのだと。そして汀のティーカップを汚したように、千里のまわりにいる人までも土足で踏みつける。

「叔父さんが私の貯金を使い込んだこと、訴えるから」

千里が言うと、新二は怪訝な顔をした。

「なにを言ってるんだ。キャッシュカードを預けたのはおまえだろう？」

「私は叔父さんにカードを勝手に使っていいと言った覚えはない」

両親の保険金や家を売ったお金が入った通帳。そのキャッシュカードは子どもが大きなお金を持つとよくないからという理由で新二が預かっていた。千里はその言葉を信じていた――新二にすべて使い込まれるまでは。

「叔父さんは私の部屋からキャッシュカードを盗んだの。立派な窃盗だよ」

新二は驚愕したような目で、千里を見る。

「な、なに言ってるんだ……冤罪だ！　だいたい俺はおまえの家族だぞ。姉さん夫婦が亡くなって俺が面倒を見てやって……それに家族なんだから盗みにはならないだろ？」

「一緒に住んでいない親族に盗まれた場合は、刑罰は免除されないから。訴えれば罪に問えるんだよ、叔父さん」

質屋に勤めてから得た知識だった。高校を卒業し、新二の家を出たことをこれほどよかったと思ったことはない。

「冗談だよな？　な？　千里」

機嫌を取るような猫撫で声は、千里の決意をさらに強固なものにした。

「私は本気だから」

自分だけではない、自分のまわりにいる人に迷惑をかけないためにも、千里は叔父との縁を断ち切ると決めた。

「二度と私の前に現れないで。でないと警察に行く」

パン、と乾いた音がした。左頬に感じた衝撃によろけ、千里は地面に尻もちをつく。

「この恩知らずが」

地べたに座り込んだ千里に新二が紙袋を投げつけ、唾を吐いた。紙袋はなんとか守ったが、生温かい液体が千里のスーツを汚す。

「別にいいさ。おまえが貸してくれないなら、お前の友達に借りるだけだ」

「友達……？」

「金持ちの学生がいただろ？　可愛かったよなあ、無防備にこんなおっさんに金貸して」

ニヤついている新二の顔が、以前、汀と参加したデビュタントボールで少女を物色していた男たちのそれと重なった。千里はざっと血の気が引くのを感じる。

「や……やめてよ！」

「なら、どうすればいいかわかってるだろ？」

千里が財布からあるだけのお金を抜き取ると、新二がそれを奪い取った。

「じゃあ、またな」

新二は鼻歌を歌いながら、立ち去った。

千里はしばらく、その場に座り込んだまま動けなかった。記憶の中にいる『優しかった叔父』に対して抱いていた望みのようなものが完全に打ち砕かれるのを感じた——ほかでもない、新二によって。新二が千里に優しかったのは、両親の保険金と家を売ったお金があったからだ。

「千里さん……？」

声がした方向を見ると、白いコートを着た汀が立っていた。

「どうしたの、そんなところに座り込んで」

「あ……ちょっと転んじゃって」

そう言いながら、千里は汀が新二と鉢合わせなかったことにほっとしていた。

「転んだって……その左頬は？　真っ赤になってるわ」

駆け寄ってきた汀が心配そうな顔をして膝をつこうとする。千里はそれを押しとどめ、ひとりで立ち上がった。

「汀さん、ちょっとここで待っていてくれますか？　すぐに戻るので」

「え……ええ、わかったわ」

千里は戸惑う汀を置いて、急いで自分の部屋に戻った。デパートの紙袋には皺が寄ってしまったが、ティーカップは無事だ。千里はカップとティーコージーの包みを、汀のティーセットが入った紙袋に入れ、部屋を出た。

「千里さん……」

アパートの下では汀が言いつけどおり待っていた。不安そうな表情。そうさせてしまったのは、千里だ。

「千里さん、頬を冷やさないと……」

「ありがとう。あとで自分でやりますから。それよりこれを」

千里は汀に持っていた紙袋を渡した。

「これは？」

「汀さんのティーセットです。一客、私の不注意でダメにしてしまって……本当にごめんなさい」

千里が頭を下げると、汀は慌てたように千里の腕を掴んだ。

「千里さん、頭を上げて！　陶器は壊れるものだし、割れてしまったものは仕方ないわよ」

「……いえ、割れてはいないんです。でも、汚してしまった」

母親の五鈴からもらった、大事なプレゼント。それを煙草の灰で汚してしまった。いくら綺麗に洗っても、汚れがとれたような気がしなかった。

「だめにしたカップには包んでいる紙に印をつけていますから。あと同じシリーズの新しいティーカップを一客入れています。かわりにはならないけど」

「そこまでしなくたってよかったのに……」

「でもこのティーセットは、汀さんの大事なものですよね」

千里が言うと、汀は「それは、まあ」と言葉を濁す。図星なのだ。五鈴とは連絡を取っていないと言っていたが、汀は母親を大事に思っている。情が深くて純粋な汀を、千里も大事にしたかった。そのためにすることは決まっていた。

「汀さん、私の合い鍵持っていますか？」

「え？　ええ」

「出してください」

汀がキーホルダーのついた鍵を取り出す。何本かある鍵の中から、千里は自分の部屋の鍵を見つけ、それをキーホルダーからはずした。

「千里さん……？」

汀が戸惑うように千里を見る。

新二はまた千里のもとに来るだろう。自分のそばにいれば、きっと汀を巻き込んでしまう。今度は金を借りるだけでは済まないかもしれない。それは千里にとって、自分が傷つくことよりも、恐ろしいことだった。

「ごめんなさい、一度あげたものを取りあげるような真似をして。でもう、ここには来ないでください」

「……私、迷惑だった？」

泣き出しそうな汀の顔を見るのは辛かった。だが視線を逸らすわけにはいかない。千里は首を横に振る。

「違います。私のほうの都合なんです」

「……ここでなければ会えるの？」

「いいえ。私はもう汀さんには二度と会いません」

汀の大きな瞳から涙がこぼれる。抱きしめたい。だが、新二の唾で汚れた千里には、それができなかった。

「汀さん、今までありがとうございました」

さよなら、優しくて可愛い年下の友達――千里は心の中で、汀に別れを告げた。

毒を食らわば皿まで

薄暗い通りに『質』と書かれた電光看板がぼんやりと浮かび上がっていた。

タクシーを降り、裏手に回ると、小柄な男が鼻歌を歌いながら階段を下りてくるところだった。サングラスをかけ、薄汚れたジャンパーを着ている。首には火傷でもしたのか、引きつれたような痕があった。

「こんばんは、花邑です」

二階に上がり、ドアをノックすると、黒ずくめの美しい男が顔を出した。店主の烏島だ。

「いらっしゃいませ。中へどうぞ」

二階の部屋は古そうなビルの外観からは想像できないほど、美しい空間だった。赤い絨毯や飴色のデスク、応接セットなど、どれをとってもこだわりが感じられる。しかし壁に作りつけられた大きな棚には、位牌や安っぽいトロフィー、子どもの描いた絵など、よくわからないものが飾られていて、そこだけが異質だった。

「そこのソファへおかけください」

「はい」

烏島に勧められ、絹子はソファに座る。テーブルの上には、先ほどの客に出したらしきティーカップが載っていた。それを見た絹子は顔をしかめる。飲み残しの紅茶に、短い吸い殻が数本、浮かんでいたからだ。

「ああ、申し訳ない。すぐに片付けますから」

気づいた烏島が、ティーカップを下げた。シンクにカップの中身を流し、それを紙に包んで袋に入れている。おそらくゴミとして捨てるのだろう。当然だ。灰皿にしたカップなど、使う気にはなれない。

「ティーカップを灰皿にするなんて……さっきの男性客ですか」

「いいえ、客ではなく従業員の親戚です」

「……もしかして、目黒さんの叔父さん？」

トレイに新しいティーセットを載せて戻ってきた烏島が、意外そうな顔をする。

「おや、ご存じなんですか？」

「目黒さんから少し事情を聞いていたので」

「ずいぶんあなたに気を許していたんですね、目黒くんは」

絹子はその言葉に少し引っかかるものを感じた。烏島は口元に美しい微笑を浮かべたまま、カップに紅茶を注いでいる。

「目黒さん、叔父さんとトラブルになっていたみたいだけど」

「彼女の給料を差し押さえたいと相談にいらっしゃったんです。姪にお金を貸しているのに返してもらえないそうで」

絹子は泣き出しそうな千里の顔を思い出した。自分は真っ当に生きたいのに、叔父はそうではないと彼女は悩んでいたのだ。

「目黒さんがお金を借りているなんて嘘でしょう」

「ええ、嘘です。借りているのは彼のほうだ」

烏島は「どうぞ」と絹子の前にティーカップを置いた。

「じゃあ追い返したんですか？」

それにしては、上機嫌だった。

「いえ。目黒くんのお給料は渡せないので、僕のほうから割のいい仕事を紹介させてもらったんです。海外で医者をやってる知人がいるんですが、そこで健康診断を受けてもらって。いくらもらえるかは、その結果次第にはなりますけどね」

「お金がないのに海外で仕事？　渡航費は……」

「片道だけは用意させてもらいました」

なぜそこまでする必要があるのか不思議に思った。そういう輩は、金がなくなればまた集《たか》ってくるはずだ。根本的な解決にはなっていない。

「さて、そろそろ本題に入りましょうか」

烏島に言われ、絹子はハッとした。今日は千里の話をするために来たのではない。持っていた紙袋の中から札束を取り出し、テーブルの上に置いた。

「このお金は？」

「父の作品を芳賀が作ったということ、黙っていていただけませんでしょうか」

絹子が用意したのは、烏島が芳賀に支払った金額だ。

「ああ、もしかして目黒くんがあなたのところに行ったんですか？」

「そうです。私が芳賀と共謀したことが許せなかったようで……書道教室をやめると」

「それは残念ですね」

そう言う烏島は、まったく残念そうではない顔と口調だった。

「ところでこれは芳賀さんのお金ですか？」

「いいえ、芳賀は知りません」

「なぜあなたが芳賀さんの尻ぬぐいを？」

「私も共犯です。それに芳賀は家族のようなものですから」

烏島はそこではじめて札束に視線を向ける。

「これは僕と目黒くんへの口止め料ということですか」

「そうです」

千里は口止めしなくても、きっと話さないだろうと、絹子は思った。だが、この男はわからない。芳賀に連れられてはじめてこの店で顔を合わせたときから、得体の知れない男だという印象が拭えなかった。

「僕は話すつもりはありませんよ」

絹子は目を瞬かせた。

「でも……あなたは私に取引がしたいと……」

「ああ、すみません。僕がしたいのはそういう取引じゃないんです」

烏島はそう言って、テーブルにふたつの共箱を置く。ひとつは黒焦げになった『紅絹の皿』、もうひとつは『白妙の皿』だ。

「祝い皿について、少し話を聞かせてもらってもいいですか」

「……私がわかることなら」

「これは昔の作品を焼き直したものですね？」

烏島が『白妙の皿』の共箱から白い皿を取り出した。つやつやと真珠のような光沢を持つ皿が絹子の視界に入る。

「……そうです。蔵には過去の作品が残っていましたから。似たような八寸皿に白の釉薬をかけ、紅い皿と同じように銘を入れて焼けば完成です」

作品を一から作るにはひと月はかかる。そのための手間もコストも芳賀は惜しんだ。幸いなことにこの祝い皿は八寸皿という文治が——正確には文治に命令された芳賀がよく作っていたサイズのものだった。ただし、一度焼成した器に新たに施釉する場合は、素地に施釉する場合と違って釉薬をはじくので、糊などを混ぜる必要があり、技術を要する。

「話は変わりますが、陶芸家は力仕事が主です。手は荒れるものだと思っていましたが、芳賀さんはとても綺麗な手をしていますね」

ふと思い出したように、烏島が言った。

「見た目には気を遣っていますから。手入れしているんじゃないですか」

「気を遣ったとしても、火傷の痕はそう簡単には消えないでしょう。あなたの手のように」

絹子はとっさに指を隠すように握り締めていた。

「その指の火傷、最近のものですね」

「……料理中に失敗したんです」

「花邑さん、あなたは二十代半ばに手にかなりひどい火傷を負って医者にかかっていますね——痕が残るほどの。料理では、なかなか負うことのない火傷だったと先生から聞きましたよ」

烏島の視線は、絹子の指なしの手袋に向けられている。絹子は表情が強張るのが自分でもわかった。

「目黒くんから、先週は教室を休んでいたと聞きました。この白い皿に釉薬をかけて焼いたのは絹子さん、あなたじゃないんですか」

「……私は陶芸には興味はありません」

「興味はなくても、手伝わされていたのでは？」

烏島と視線が絡む。

「芳賀さんが弟子入りする前から、お父様のリウマチはかなり進行していたようだ。それなのに作品作りは続けられていた。お母様はすでに亡くなられている。妹さんは身体が弱い。では誰が手伝っていたのか」

この男は絹子だけではなく、父親の病状も調べたようだ。絹子は観念するしかなかった。

「……父は痛み止めで紛らわせて生活するので精一杯でした。私が高校生になる頃には土をこねることも難しい日が多かった」

「だから手伝いを？」

「はじめは器の箱書きのみでした。身体の自由がきかなくなるにつれて、父は私に陶芸の仕事を手伝わせるようになった」

妹は身体が弱く、家事なども自分がすべてこなしていたため、大変な日々だったと、絹子は昔を思い返しながら、遠い目をした。

「すべての工程をあなたが手伝っていた？」

「ええ。でも芳賀が弟子入りしてからは彼が器の成形までを受け持つようになった」

「その器に釉薬を塗り、焼くのはあなたの仕事だった？」

絹子は頷いた。

「どうして芳賀さんではなく、あなただったんですか」

「釉薬の調合も施釉も焼きも、とても難しいんです。父の要求は厳しかった。器の成形は合格をもらえましたが、そのほかのことについては、芳賀は父の要求を満たせなかった」

芳賀は昔から絹子を下に見ていた。その絹子にできることが自分にはできない、それが彼のプライドを傷つけたのだろう。芳賀は「おまえの仕事なんだからおまえがやれ」とまったく手を出さなくなった。

「お父様の作品は途中からそれまでの地味な色づかいから派手なものに作風が変化しましたね。あれは誰の指示だったんですか？」

「父です。でもきっかけを作ったのは私ですね」

「きっかけ？」

烏島が首を傾げる。

「私ね、命令には逆らえないくせに、陰で反抗するっていう悪い癖があるんです。父親の言うとおりにするのにうんざりして、目を盗んで父親が絶対に使わないような色の釉薬を使った器をこっそり作っていた。ささやかな抵抗ですね」

絹子にはイメージする色が簡単に出せた。だがそれは単なるストレス発散で、陶芸に興味を持ったわけでも、楽しんでいたわけでもない。

「お父様はそれを知って、気に入ったというわけですか」

「いいえ。見つかったときは殴られました。なぜ言うとおりにしなかったんだと。下品な色づかいだとも罵られました」

土をこねる力はないのに、絹子を殴る力はあった。今思えば、文治はあのときすでに作品を作ることを諦めていたのだろう。

「でも皮肉なことに私が調合した釉薬をかけた器が、とある高名な評論家の目に留まったんです。父は彼に言いました。下品だと酷評した器を『私が作った作品です』とね」

絹子はあのときの文治の変わり身の早さにはさすがに驚かされた。今思うと笑えてくるほどだ。

「それからです。芳賀が父の言うとおりの器を成形し、私が釉薬を塗って焼く。それが父の作品になり、評価されるようになったのは」

「芳賀さんが黙ってあなたのお父様に従っていたのが僕には少し意外でしたが」

「父は私と芳賀が小さな子供のときから、高圧的な態度で支配していました。怒鳴りつけて恐怖を植え付け、そのあと情をかける――一種の洗脳ですよね。そういう相手には死ぬまで逆らえないものでしょ」

芳賀も文治に対しては常に機嫌をうかがっているところがあった。幼いころの刷り込みとは恐ろしいものだ。

「あなたのお父様が死んでから芳賀さんは変わった？」

「そう。それまで抑圧されていた本来の金銭欲や承認欲求の強さが出てきたんでしょう」

文治が死ぬ前から、おそらく芳賀はいろいろと考えていたのだろう。その計画には絹子も組み込まれていた。

「作品の造形が一般的な食器から芸術路線のものに変化したのは、芳賀さんの考えですか？」

「そうです。なんとか父の作品との差別化を図りたかったんでしょう。芸術路線のほうが高く売れるとも考えたんじゃないかな。でも評価されているのは、彼の造形ではなく私の施釉ですけど」

「自信があるんですね」

絹子は自嘲する。

「事実だから仕方ない。父にも芳賀にも、可哀想なほど才能がなかった。私には簡単に出せる色が彼らには出せない」

それまでまったく見向きもされなかった文治の作品。しかし、絹子が独自に調合した釉薬を塗っただけで、評価は一変した。芳賀の作品についても同じだ。奇をてらったいかにも『通』っぽい造形も、絹子が施釉することで本物の芸術品に変化する。

「あなた自身が陶芸家として生きる道は考えなかったんですか」

「私は陶芸にはまったく興味がないんです。思い入れもなにもない。ただ才能があっただけ」

作っているときは無の境地だ。淡々と事務的に作業を進めている。作品に思い入れも愛情もない。すると烏島はなぜか納得したような顔をした。

「色をつけたり窯焼きしたりするあなたの姿が視えなかったのは、そういうわけか……」

「私の姿って？」

「いえ、こちらの話ですよ」

烏島は両手を組んで微笑んだ。

「才能があったことはお父様が一番知っていたでしょう。彼はあなたに陶芸の道をすすめなかったんですか？」

「すすめるわけがない。父は女に芸術作品は作れないと決めつけていたんですから」

その女である絹子が、不思議なほど自在に色を操り、美しい陶器をなんの苦悩もなくいくらでも生み出す。文治は絹子を賞賛するどころか、さらに疎んだ。

「父は何度も私に言いました。男なら作品のみが評価される。でも女は作品を通して容姿を評価されるからおまえには無理だと。今思えば私に陶芸家としての道を歩ませないためだったんでしょうけれど……。女性の容姿が作品と合わせて評価されることは書道のほうでも個人的に経験していましたから」

たいした作品でなくても容姿が美しければ注目される。スポンサーがつき、作品が売れ、大々的に個展を開催できる。美しければその分野に興味がない客まで引きこめるのだ。それも一種の才能だと絹子は思っている。

「あなたがずっと芳賀さんの作品作りに協力しているのは――」

「父が自分の手で作品を作っていなかったことをばらすと言われたからです」

烏島がみなまで言う前に、絹子は答えた。

「父親を庇ったんですか」

「そう。あんな父親でも私には……大事だったから」

愛されたかった、褒めてもらいたかった、認めてもらいたかった――どれもかなわなかったが。

「だから野本に『紅絹の皿』を渡さなかったんですか？」

「……なんの話ですか？」

「あなたはお父様が皿を誰に売ったか覚えていないと言っていたようですが、本当は知っていたんでしょう？」

烏島はそう言って、『紅絹の皿』の箱から紅い皿を取り出した。

「陶磁器に詳しい知人に、グラインダーでこの表面の紅い釉薬を削ってもらったんです。紅い釉の下にあったのは素地ではなく、白い釉でした。この皿は白から紅に偽装されている」

　皿の裏の、削られて白くなっている部分を烏島は絹子に見せる。

「これは『紅絹の皿』ではない。妹の妙子さんのために作られた『白妙の皿』だ」

　絹子は言葉を発することができなかった。

「この釉薬の鮮やかさは、あなたの調合ですね。あなたが白い皿を紅い皿に変えた。どうしてですか？」

「……父に頼まれたからです」

「いいえ、花邑文治さんはそんなことを頼まない」

　手のひらに汗がにじむのを、絹子は感じた。

「お父様はあなたの妹さんを溺愛していた。だから野本に『白妙の皿』の売買は持ちかけなかった。それなのに、彼がわざわざ紅く塗りかえろとあなたに命令するわけがない」

「私には理由があるって言うんですか？」

「自分のために作られた『紅絹の皿』が、妹の振り袖を仕立てるために売られることになったんですから、十分な理由でしょう」

　烏島の瞳は、心を映し出す鏡のように透き通っている。今それに映っているのは、絹子の歪んだ顔だった。

「……どうしても渡したくなかった」

絹子は膝の上に置いた手を、きつく握りしめた。

「父から『おまえの皿を野本さんに売ることにしたから届けてくれ』と命令されたとき、頭が真っ白になりました。それも妹の振り袖のために……野本はどんな皿か知らずに買い取りを決めていました。それを知った私は紅の釉薬を調合して、白い皿を紅い皿に変えた」

その頃、窯焼きはほとんど絹子に任されていた。父親の目を盗み、妙子の『白妙の皿』を釉薬で覆い焼き直すのは、難しいことではなかった。

「この美しい紅の釉薬には有毒成分が含まれていました。低温で焼成されていたせいか、それが染み出し、野本さんの家族に健康被害をもたらした」

「……あの頃は私も若かったので。たまたま失敗したのかもしれません」

「たまたまではなく、計算された失敗では？」

絹子は息を呑んだ。

「聞くところによると、野本さんはあなたに対して失礼な言葉を投げかけていたと」

「失礼なんて、そんな軽いものじゃない」

思わず絹子の口調が強くなっていた。

「では、どういう言葉を？」

烏島が静かに続きを促す。一度口に出した言葉は、どうにもならない。絹子は誤魔化すことを諦めた。

「……野本はよく家にやってきては、私の容姿を揶揄《からか》いました。小さな頃から顔を合わせるたびに」

野本は「妙子ちゃんは年々綺麗になっていくのに、絹子ちゃんは不細工になっていくなあ」、「双子だとは絶対にわからない」、「妙子ちゃんの栄養全部持っていっちゃったんだから、絹子ちゃんが責任を持って妙子ちゃんを世話してあげなよ」と挨拶のような軽さで絹子を貶《おとし》めた。父と妹と芳賀は、その軽口に便乗することはあっても、絹子を庇うことはなかった。悪いことだとは思っていないからだ。だからこそ、ずっと繰り返された。

「言い返すことはなかったんですか」

「事実なのに、言い返せると思いますか？」

絹子は烏島を睨みつける。野本の言うとおり、絹子は妹に劣っていた。事実に対してたてついても、惨めになるだけだ。

「双子というものは常に比べられる運命にあります。私たち姉妹は似ていなかった。容姿というどうにもならないものを貶められるのは苦しかった」

妹の妙子が死に、比べられる対象がいなくなっても、仕事で評価されるようになっても、過去に家族やまわりから言われた言葉が呪いのように心を縛り、消えないのだ。

「まわりから悪気なく言われた言葉は毒となって少しずつ私の心を蝕《むしば》んでいった。毒を持っている本人は死なないのに、私の心は殺される。おかしいと思いませんか？」

「毒性の高い釉薬を使ったのは、復讐ですか」

「私にこの毒皿を作らせたのは野本です」

自分の嫁入り道具になるはずだった皿が、野本の娘の嫁入り道具になったと知ったときは、笑った。野本の娘にどういう被害が出ようとも、罪悪感はみじんもなかった。すべて野本がまいた種なのだ。

「絹子さん」

「……なんですか？」

「お茶が冷めます。飲みませんか」

てっきり自分の行いを糾弾されると思っていた絹子は、拍子抜けした。烏島は澄ました顔で、ティーカップに口をつけている。烏島は顔も美しいが、その指の造形も美しい。

「烏島さんのようにきれいな人なら、きっと人生楽しかったでしょうね」

「確かにこの顔は使い勝手はいいですね」

烏島はそう言って、カップを置いた。

「でも人生を楽しめるかどうかは、顔では決まらないと僕は思いますよ」

「ハートが大事だとでも？　しらじらしい」

「違いますよ。大事なのは余計なものを切り捨てる実行力です」

鋭い視線に射貫かれ、絹子はたじろぐ。

「絹子さん、あなたはこれからも父親の名声のために芳賀に協力するつもりですか」

「……仕方ありません。父の名誉を傷つけるわけにはいかない」

「方法はあるでしょう」

絹子は首を横に振る。ここ最近エスカレートする芳賀の要求に何度もやめようと言ったが、聞く耳を持ってもらうことはできなかった。

「無理ですよ。父と一緒です。どちらかが死ぬまで解放されないでしょうね」

「なら芳賀さんを死なせてあげればいい」

絹子は怪訝な目で烏島を見る。

「毒殺しろとでも言うんですか？」

「いいえ。芳賀さんのような人間にとって恐ろしいのは『肉体的な死』だけではないでしょう」

　烏島は微笑んだ。

「芳賀さんの作品は、すべての工程を彼の手のみで行っている――これから作られる彼の作品からどんな有害な成分が検出されても、それは彼の責任です」

　烏島の言わんとすることの意味を正確に理解するまで、しばらく時間がかかった。そして正確に理解したあと、絹子は笑いが止まらなくなった。

「絹子さん？　どうかしましたか？」

　絹子は目元の涙を拭い、不思議そうな顔でこちらを見ている烏島に向き直った。

「烏島さん、今まで誰にも話したことがない秘密、教えましょうか」

「なんですか？」

「芳賀の作品の釉薬にはね、すべて紅い皿に使っていた成分と同じものが含まれている」

　烏島が目を瞠《みは》る。

「お父様の作品にもですか？」

「いいえ、芳賀の作品のみです。私は父の名誉は守りたかった。父の作品と言われるものので『失敗』しているのは、その紅い皿だけです」

　芳賀に屈するしかない、愚かな絹子ができる唯一の抵抗。芳賀の作品は日常的に使うものではないので、すぐに影響が出るものではない。だが調べれば、大騒ぎになることは間違いないだろう。命令には逆らえないのに陰で反抗するという悪い癖が、こんなところで役に立つとは思わなかった。

「でも私がリークするわけにはいかない」

「僕が請け負いますよ。あなたの持つ本物の『紅絹の皿』を譲っていただければ」

絹子は驚いて、鳥島を見た。

「取引というのは、まさか……」

「ええ。言ったでしょう？　僕は花邑文治の紅白の祝い皿を手に入れたいと」

「……どうして私の手元にあると？」

「あなたはまったく美しくないものを愛している。父親も、その作品も。父の名誉を手放せなかったように、父親が作った皿も手放せなかったのではないですか」

父親が自分のためだけに作ってくれた祝い皿。鳥島の言うとおり美しくなくても、ほかの誰にも評価されなくても、絹子にとっては宝物だった。

「……父が作ったものですから、まったく美しくない皿ですよ。まるで私みたいに」

「僕にとっては、なにより価値があるものです」

鳥島の言葉に嘘はない気がした。この男も絹子と同じ『同類』なのだ。美しいものを愛せない。

「……今年中にこちらに送らせてもらいます」

「着払いで結構です。ああ、もうひとつ。お父様が箱書きした本物の『白妙の皿』の共箱はどうされたのですか？」

「『白妙の皿』を紅色に焼き直したときに、窯の燃料としてくべました」

薪を割るための斧で、共箱をたたき割った。あのとき手に感じた痺れるような感覚は、今も忘れられない。

「お父様は『白妙の皿』がなくなっていることに気づかなかった？」

「妹が死んでから、父は妹に関するものを目に入れないようにして生きていましたから」

父親はとても弱い人間だった。弱くて狡《ずる》くて——それでも、憎みきれない。

「ああ、これは持って帰ってください」

絹子がソファから立ち上がり、ドアのほうへ向かおうとすると、烏島がテーブルに置いてあった札束を持って追いかけてきた。絹子は烏島から札束の入った紙袋を受け取る。大柄な絹子だが、烏島のほうがまだ数センチ背が高い。人形めいた造形は、はじめて見たときも思ったが人間味に欠けている。

「なにか僕の顔についていますか？」

「烏島さん。あなた、私のことを疎ましく思っていますね」

絹子が言うと、烏島は不思議そうに首を傾げた。

「僕はあなたにそう思わせるような失礼な態度をとってしまいましたか？」

「いいえ、そういうことじゃない。私ね、小さな頃から人の顔色を窺う癖がついていたせいか、相手が自分のことをどう思っているか敏感に察知できるんですよ」

烏島が感情をそのまま態度に出す男ではないことは、絹子もわかっていた。

「彼女が私に懐いたのが、そんなに気に入らなかった？」

絹子が烏島に抱いていた違和感は、これだ。烏島は絹子のことを排除するべき敵だと認識している。

「彼女の居場所はふたつもいりませんから」

「そう言うなら、私よりも彼女の叔父を排除すべきじゃないですか？　肉親を切り捨てる実行力を彼女は持っていない」

千里に限ったことではない。絹子の書道教室にも、同じような悩みを抱えている生徒がちらほらいる。縁を切ると決めても、完全なる他人にはなれないのだ。

「ご心配なく。彼はもう二度と目黒くんの前に現れることはありません」

絹子は首を傾げた。

「どうしてそう言い切れるんですか？　お金を借りるような人間は、生きている限りずっと集ってきますよ」

「そうですね、生きている限りは」

絹子は口を閉ざした。海外、知人の医師、健康診断、片道切符。

「……煙草を吸うのなら、肺は価値が落ちそうだわね」

「売るものはほかにもありますから、大丈夫でしょう」

うっそりと微笑む男は、美しいものに興味がない絹子でも見惚《みと》れるくらいの美しさだった。

質屋をあとにした絹子は、携帯電話を取り出した。

生徒の連絡先はすべて登録している。千里の電話番号を表示させ、発信ボタンのところに指を置こうとして、やめた。

千里は恐ろしい男に囚われている。これから彼女に近づく人間はすべてあの男によって排除されるのだろう。だが、千里自身がそれに気づかなければ幸せなのだ。

絹子は千里の連絡先を削除し、タクシーに乗り込んだ。

烏鳴きの除夜

三十一日の夕方、『質屋からす』はその年の営業を終了した。

一階の大掃除を終わらせた千里が二階に戻ると、烏島は棚に置いてあった『コレクション』を移動させているところだった。

「烏島さん、なにをしているんですか？」

千里が声をかけると、烏島は嬉しそうに微笑んだ。なんだかとても機嫌がいい。

「これを売ることになったんで、梱包しようと思ってね」

烏島の手元にあるのは『白妙の皿』とその箱だった。芳賀が作り、絹子が箱書きをした、花邑文治の名を騙る白の祝い皿だ。『コレクション』に加わったばかりのそれを売ると言い出した烏島に、千里は驚いた。

「え……そのお皿を売るんですか？」

「うん。この数日で花邑文治の作品の価値が跳ね上がったんだ。山科さんの紹介で芳賀から買った金額よりも高く引き取ってくれる相手が見つかってね」

「価値が跳ね上がった？　どうして急に？」

烏島は質問には答えず、かわりに週刊誌を広げて千里に渡した。そこには『人気陶芸家、毒の器』と派手な見出しが躍っていた。

「これ、芳賀さんじゃないですか！」

「彼の作品から今は禁止されているはずの有害成分が検出されたらしい。一昨日の夜から大騒ぎになってる。ニュースでもやってたらしいんだけど知らなかった？」

「知りませんでした」

記事を読むと、十分な温度で器を焼成していなかったことがさらなる有毒成分の流出を招いたとされている。今のところ、すべての作品から有毒成分が検出されているらしい。

「有毒成分……紅い皿と同じものでしょうか」

「おそらくね。ただ、花邑文治の作品と違って芳賀の作品は日常使いするものではないから、まだ表立った被害は出ていない」

「どうして判明したんですか？」

「業界の人間がリークしたんじゃないかと言われているようだけど、真相はわからない。なんせ敵が多いからね、彼は。傲慢な発言も多かったようだし悪目立ちしすぎだ」

烏島は肩をすくめる。

「本業よりもメディア出演のほうが多かったせいで一般人にも名前や顔を知られていたのがかえって仇《あだ》になったね。今夜国営放送の歌合戦にも審査員として出る予定だったらしいけど、急きょ取りやめになったそうだ」

「えっ、そうなんですか？」

国営放送の歴史ある歌合戦の審査員降板は大ニュースだ。

「芳賀の信用も作品の価値も暴落だよ。芳賀の作品の購入者が著名人ばかりであることも、騒ぎを大きくする一因になってる。それとは反対に師匠の花邑の作品の評価はうなぎのぼりだ。これぞ『本物』の芸術家だと」

本物の芸術家——千里は複雑な気分だ。芳賀に対しては嫌悪感を抱いているが、実際に花邑文治の作品を作っていたのは芳賀である。そこで鳥島の手元にある『白妙の皿』を見て、ふと気づいた。

「今のところ芳賀さんのすべての作品から有毒成分が検出されているんですよね？　そのお皿は大丈夫なんですか？　芳賀さんが作ったものなんでしょう」

「花邑文治の作品とされているものについては大丈夫だよ。この皿についてもお墨付きをもらっている。例外はあの紅い皿だけだ」

お墨付きとは守田からだろうか。

「なぜ芳賀さんは自分の作品にだけ毒性のある釉薬を使ったんでしょう。それも焼きを失敗するなんて……」

「師匠がいなくなって初心を忘れたんじゃないかな？　本業以外のことに力を入れすぎて、勘を取り戻せなかったのかもしれないよ」

この週刊誌にも烏島の言ったことと同じようなことが書かれてあった。

「しかし芳賀が自分のせいではないと主張していることが、火に油を注いでいるね。これまで作品作りには誰も関わらせず、自分ひとりでこだわりのもとやっていると主張していたからだろうけど」

「芳賀さん、花邑文治の作品を自分が作っていたことをばらしたりしないでしょうか？」

千里はそれが気がかりだった。

「今の状況でそのことに触れるのは、さらにあの男の首を絞めることになるだろう。世に出ている『花邑文治』の作品は『失敗』していないからね。すべて芳賀が作ったと言ったとしても虚言扱いされるだけさ」

「……絹子さんは大丈夫でしょうか」

絹子は真実を知っていたが、黙っていた。芳賀に協力していた立場だ。

「彼女は花邑の娘だけれど、陶芸とは関わりのない一般人だ。花邑文治の作品を売りさばいた金は、すべて芳賀の財布に入っているようだし。芳賀がなにか言ったところで、彼女自身と彼女の仕事の評判には影響はないだろう。身ぎれいな人を叩くより、埃が出そうな人間を叩くほうが面白い。日ごろの行いというのは大事だね」

烏島はそう言い、ふと思い出したように千里を見た。

「そういえば目黒くん、書道教室はどうしたんだい？」

「あ……私、やめたんです。芳賀さんのことで、少し気まずくなってしまって」

「そうか、それは残念だね」

烏島はそう言い、皿の箱を閉じる。

たくさんの出会いと別れがあった一年だった。

叔父の新二とは再び音信不通になっている。けれどもまた、いつ千里の前に現れるかわからない。そして千里のまわりの人間に迷惑をかけるかもしれない。不安であることに変わりないが、今の千里はひとりだ。

人と深く関わるのをやめようと決めた自分の選択を、後悔していないと言えば嘘になる。本当にこれでよかったのだろうかと、今も自問自答を繰り返している。

だが、汀を危険な目に遭わせるわけにはいかない。宗介も同じだ。彼は未成年で、七杜家の跡取りで、家柄にふさわしい女性を選ばなければならない。自分が宗介のことをどう思っているか考える以前の問題だった。宗介のまっすぐな好意を、千里は受け取るわけにはいかない。

「目黒くん」

烏島が名前を呼ぶ。

千里にとっての大きな出会いは烏島だった。この半年のあいだにいろいろなことがあったが、最後まで千里のそばにいたのは、この男だった。

人と関わらないと決めた千里の、唯一の例外。

烏島にとって千里は数ある『コレクション』のうちのひとつでしかない。千里に『視る能力』がある限り、切り捨てられることはないだろう。新二という重荷がいても、千里の評価は揺るがない。

「少し早いけど、来年もよろしく」

烏島が手を差し出してくる。

「……よろしくお願いします」

外でカラスが鳴いている。これからの千里の先行きを占うような声だった。

あとがき

生まれながらに結ばれた縁は、まるで解けない呪いのようなもの――これは作中の絹子の言葉ですが、彼女も千里も、その解けない呪いに囚われています。

血縁は切ろうと思ってもそう簡単に切れるものではなく、思い出や世間体に惑わされ、踏みとどまることが多い。実際、絹子は横暴な父親を見捨てることができず、千里は恩を感じている叔父を拒絶しきれませんでした。

千里に生まれながらに貼りつけられた『ラベル』には、叔父の新二の名が刻まれています。自分の出自ではなく、ただ自分という人間を評価してほしいと願っても、血縁関係にある者がろくでなしだった場合、第三者から『同族』とみなされることはよくあることです。新二と縁を切り付き合いを止めたとしても、千里の『ラベル』から彼の名が消えることはありません。

宗介は『ラベル』ではなく自分自身を見てほしいと願い、自分も相手の『ラベル』ではなく本質を見たいと思っている人間です。しかし彼は七杜家という『ラベル』を守るために、付き合う相手の『ラベル』を見極めなければいけません。宗介の父親は、千里に名乗る機会すら与えませんでした。千里自身、その理由を痛いほど理解しています。大事な友人である汀を遠ざけたのも、自分と付き合うことで彼女と彼女の『ラベル』を汚すようなことがあってはいけないという思いからでした。

その点、烏島は『ラベル』ではなく、モノの本質にしか興味がありません。千里にどんなろくでなしの身内がいようとも、千里自身の評価にはなんの影響もない。千里にとってそれは救いであり、心の拠り所になっています。

ところでカラスの鳴き声からは、吉凶が占えるといいます。

一般的に烏鳴きは凶事の前兆だと言われていますが、千里が大晦日に聞いたカラスの鳴き声は果たしてどんなものだったのか。再び人と深い関りを持つことをやめた千里の行く末が、少しでも明るいものになるといいなと思います。

二〇一九年七月　南潔

この物語はフィクションです。
実在の人物、団体等とは一切関係がありません。
本作は、書き下ろしです。

南潔先生へのファンレターの宛先

〒101-0003　東京都千代田区一ツ橋2-6-3　一ツ橋ビル2F
マイナビ出版　ファン文庫編集部
「南潔先生」係

Fan
ファン文庫

質屋からすのワケアリ帳簿
〜双生の祝い皿〜

2019年8月20日　初版第1刷発行

著　者　　南潔
発行者　　滝口直樹
編　集　　田島孝二（株式会社マイナビ出版）　定家励子（株式会社imago）
発行所　　株式会社マイナビ出版
〒101-0003　東京都千代田区一ツ橋2丁目6番3号　一ツ橋ビル2F
TEL 0480-38-6872（注文専用ダイヤル）
TEL 03-3556-2731（販売部）
TEL 03-3556-2735（編集部）
URL　http://book.mynavi.jp/

イラスト　冬臣
装　幀　堀中亜理＋ベイブリッジ・スタジオ
フォーマット　ベイブリッジ・スタジオ
DTP　富宗治
校　正　鷗来堂
印刷・製本　図書印刷株式会社

 ISBN978-4-8399-6935-6
Printed in Japan

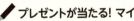

Fan
ファン文庫

質屋からすのワケアリ帳簿　上

大切なもの、引き取ります。

妖しい質屋に持ち込まれる物はいわく付き？
ダーク系ライトミステリー、開幕！

金目の物より客の大切なものが欲しいという妖しい店主の質屋に、客から持ち込まれた焼け焦げたペンダントを“視た”ときから始まる不穏な事件とは…。

著者／南潔
イラスト／冬臣

Fan
ファン文庫

質屋からすのワケアリ帳簿

シンデレラと死を呼ぶ靴

質草は、新たな哀しみを引き寄せる——。
物に宿った記憶を読み解くダークミステリー！

他人の不幸や欲望にまみれたワケアリ品を好む
質屋からすの店主・烏島のもとに、質草として、
哀しみを秘めた赤いかたわれ靴が加わるが——。

著者／南潔
イラスト／冬臣

Fan
ファン文庫

質屋からすのワケアリ帳簿
パンドーラーの人形師

人形《ドール》は秘密を
すべて知っている――。

いわくつきの物ばかり買い取り、コレクションをする烏島。
ある日、従業員の千秋の元同級生から、球体関節人形を
買い取ってほしいと依頼されるが――。

著者／南潔
イラスト／冬臣

Fan
ファン文庫

神様のごちそう—雨乞いの神饌《しんせん》—

著者／石田 空
イラスト／転

続々重版の人気シリーズ、
第四弾の舞台は京都！

神隠しに遭い「神様の料理番」となった、りん。
初夏に差し掛かったある日、御先様は、
雨乞いのためりんとともに京都へ赴くことに——。